El cuaderno de las recetas perdidas

JACKY DURAND

El cuaderno
de las recetas perdidas

Traducción de
Xisca Mas Amengual

Grijalbo narrativa

Papel certificado por el Forest Stewardship Council®

Penguin
Random House
Grupo Editorial

Título original: *Le cahier de recettes*
Primera edición: enero de 2023

© 2019, M. Jacky Durand
© 2019, Editions Stock
© 2023, Penguin Random House Grupo Editorial, S. A. U.
Travessera de Gràcia, 47-49. 08021 Barcelona
© 2023, Xisca Mas Amengual, por la traducción

Printed in Spain – Impreso en España

ISBN: 978-84-253-5995-8
Depósito legal: B-20375-2022

Compuesto en Fotoletra, S. A.

Impreso en Black Print Cpi Iberica, S.L.,
Sant Andreu de la Barca (Barcelona)

GR5995A

Mi vida no es más que una receta que se va cocinando cada día con sus buenos y malos momentos.

PIERRE GAGNAIRE, chef

Primera parte

1

No puedo dejar de mirar tus manos apoyadas sobre la colcha del hospital. Translúcidas como el papel de seda, parecen raíces encalladas en el lecho de un arroyo. Esas manos en otro tiempo cálidas y llenas de vida, aun estando destrozadas desde la palma hasta la punta del dedo índice. Bromeando, decías que eras «El rey de las quemaduras». Aunque llevaras un trapo enganchado en el delantal, siempre te olvidabas de usarlo al coger las sartenes en las que volteabas las chuletas de cordero y los filetes de perca con los dedos. Te quemabas sin quejarte al meter las manos en el aceite hirviendo o cuando sacabas del molde los pasteles recién salidos del horno.

Decías que una quemadura quitaba la otra, que lo habías aprendido del viejo panadero que te enseñó a hacer pan de niño. Y te reías cuando yo te tocaba las cicatrices encalladas. Me encantaba jugar con la última falange de tu dedo índice, nudosa como un sarmiento; siempre quería que me contaras la historia de esa deformidad. Me explicabas que por aquel entonces no eras mucho mayor que yo. Estabas sentado a la mesa y tu madre acababa de sacar la picadora para preparar paté. Aquel aparato de hierro fundido te fascinaba. Le dabas vueltas a la manivela mientras tu madre iba metiendo trozos de cerdo dentro. Pero un día, aprovechando un momento que ella no estaba, también metiste el dedo índice. Fueron a buscar al médico a pie, caminando por la carretera, y volvieron después en su carruaje. El doctor te examinó el dedo. En aquella época era inconcebible preguntarle cosas a un médico. El doctor le pidió a tu padre que hiciera dos tablillas con un trozo de madera de álamo. Tú apretaste los dientes mientras te las colocaba. Después las sujetó con dos tiras que cortó de un cinturón de franela de tu padre y dijo que volvería a verte en un mes.

Cuando el médico te quitó la férula tenías el dedo rosado y la última falange apuntaba hacia la izquierda. Dijo que el dedo estaba salvado, pero que probablemente no podrías hacer la mili. Tu padre frunció el ceño y replicó que harías el servicio militar como todo el mundo. Mientras tanto, tú asentías y me decías suspirando: «Si hubiera sabido que pasaría veinte meses en Argelia». Rascabas el fondo de las ollas con la uña de tu dedo deforme, decías que era muy práctico para llegar a los rincones difíciles.

Recuerdo tu dedo índice apoyado en el mango de un cuchillo, presionando una manga pastelera. Te concentrabas como si estuvieras haciendo un examen. Ahora, en este instante, lo levanto y me parece ligero y diminuto como un hueso de gallina enjaulada. Muchas veces he tenido la tentación de torcerte la falange para tratar de enderezarla, pero la simple idea de probarlo me aterroriza. No, no soy capaz de hacerlo; ni siquiera cuando hayas muerto. Sigo obsesionado con aquella historia que nos

contaban en el cole cuando éramos pequeños. Una historia fúnebre. El padre de un amigo había intentado endere-
zar, mientras arreglaba el cadáver, la pierna atrofiada por
el cáncer de una difunta. El miembro se rompió, y a él lo
despidieron.

Rozo tus manos de nuevo. Desearía que se movieran,
aunque solo fuera un milímetro. Pero parecen las espátu-
las que colgabas del extractor al terminar el turno, después de haberlas hecho danzar para girar tus tortitas de
patata. Busco el perfume que te regalé en Navidad en la
mesita de noche. *Pour un Homme*, de Caron. «Ya verá, es
perfecto para un hombre de su edad», me dijo la depen-
dienta de la Gare de Lyon. El 25 de diciembre me cogiste
la mano mientras te afeitaba:

—¿Qué es esto?

—Perfume.

—Nunca he usado perfume.

Dejaste que te pusiera unas gotas en el cuello mientras
protestabas: «Un cocinero no debe perfumarse si no quiere echar a perder el olfato y el gusto». Comenzaste a olis-
quear desconfiado, pero te rendiste: «Hay que ver lo que
me obligas a hacer». Me pongo perfume en las manos y te
doy un masaje suave en los dedos, en las palmas.

Hace tres días, al terminar el turno de noche, no tenía
sueño. Di una vuelta por el pueblo con la furgoneta. Encendí un camel mientras escuchaba *No Quarter*, de Led
Zeppelin. «Tu ruido», lo llamabas. Era una noche fría, las
calles estaban desiertas. Por un momento estuve a punto
de entrar en el café de la Paix para tomarme una caña,
pero tenía ganas de verte. Fui hacia el hospital y marqué

el código de la puerta del servicio de cuidados paliativos que me había dado Florence, la enfermera del turno de noche. Una luz anaranjada envolvía el pasillo. La puerta de tu habitación estaba entreabierta y pude ver el curioso juego de sombras que creabas con las manos a la luz de la lamparilla. Te frotabas las palmas como si prepararas la masa de la tarta de limón de la carta de postres. Después separabas los dedos y los pellizcabas. ¿Intentabas quitarte los restos de masa? Me senté en el borde de la cama para mirarte. «Papá, no has perdido la mano», te susurré. No esperaba respuesta. Solo confiaba en que oyeras mi voz. Sentí que unos pasos delicados se acercaban a mi espalda.

—¿Qué hace? —preguntó Florence en voz baja.

—Amasa. Creía que preparaba pasta quebrada, pero está haciendo pan. Ahora está quitándose los pedazos de masa que se le han pegado a los dedos.

—Qué movimientos tan bonitos.

—¿Cuándo se marchará?

—Cuando él lo decida.

2

Esta noche sigo oyendo las palabras de Florence mientras te cuida. Es sábado, tiene el día libre. Hace tres semanas, antes de que entraras en coma, hablabais mucho de cocina por las noches. Le contabas cómo eran tus platos, los huevos escalfados con rebozuelos y vino amarillo, los melocotones de viña en almíbar. La deleitabas con explicaciones sobre cómo preparabas tus *quenelles*. Negabas con la cabeza cuando yo te decía que solo intentaba seducirte para conseguir tus recetas. «Ni ella ni nadie», decías con una risa desafiante.

Florence siente debilidad por ti. Noto que tu soledad la conmueve. Estos seis meses que has estado hospitalizado ha pasado por alto mis tejemanejes. «Esto no se puede comer», dijiste ya en la primera comida. Así que a partir de entonces traía los «aperitivitos» que me pedías. Colocaba con cuidado un mantel de cuadros rojos sobre la cama y te preparaba el plato que se te antojaba: ensalada de patata, apio con salsa *remoulade*, jamón cocido, filetes de arenque en aceite con patatas, *pâté en croûte*. Todo acompañado siempre con un buen trozo de queso: un comté de veinticuatro meses, un époisses o un saint-marcellin.

Hasta quisiste una isla flotante y me reprochaste que le había puesto «demasiada vainilla». Escondí una botella de vino y una copa en la mochila. Necesitabas un tinto especiado con notas de frutos negros.

La víspera del coma te di la comida: compota de manzana con un toque de canela y limón. Ya no hablabas. Fue lo último que comiste. Te administraron un cóctel intravenoso de Hypnovel y Skenan, sedante y morfina. Tú que siempre habías dicho: «Si un día sé que estoy jodido, irá rápido». Nunca habría imaginado que tardarías tanto en morir.

Una noche le pregunté a Florence: «¿Por qué se aferra a la vida de esta manera?». Tras un silencio interminable me respondió: «¿Y si te estuviera dando tiempo para despedirte?». Esta idea me perturbó y no deja de atormentarme. A veces me siento culpable de tu coma. Quizá mis lamentos, mi tristeza de vivo, te hacen sufrir y no dejan que te marches. Un día me acerqué a tu oído para decirte: «Papá, puedes irte si quieres», pero las palabras no salieron.

Al subirte el camisón del hospital para ponerte un poco de perfume, descubro tu piel moteada de capilares en los que parece que la sangre se detiene. Te irás esta noche. Lo he sabido esta mañana, cuando empezaba a preparar los volovanes para la cena de San Valentín. Los clientes habituales me han pedido el plato que siempre preparas el 14 de febrero. He comenzado por el hojaldre. Primero he cortado las dos partes que extendemos con el rodillo antes de hacer los círculos con el cortapastas. Después he montado los volovanes y los he dorado con huevo batido. No me ha convencido el resultado cuando los he sacado del horno, el hojaldre no había subido lo suficiente. No sabía si tenía que dejarlos un rato más. Me habría gustado que estuvieras allí para aconsejarme. He abierto la ventana y me he fumado un cigarrillo mientras tomaba café. En ese instante me he dado cuenta de que ya no volverías a regañarme en la cocina.

Nunca me has enseñado una receta. Al menos, no como las enseñan en la escuela. Ni una ficha ni una cantidad ni una clase, he tenido que ingeniármelas solo y aprender a cocinar a ojo. Cuando me decías: «Pon sal», yo te preguntaba: «¿Cómo sal? ¿Cuánta?». Entonces tú mirabas al cielo, exasperado por mis preguntas. Me cogías la mano bruscamente y ponías un poco de sal gruesa: «Te pones un poco en la palma de la mano para ver la cantidad. No es tan complicado, lo puedes medir todo con la palma de la mano». Cuando hablabas de una «cucharada sopera de harina», tenía que adivinar si se trataba de una cucharada sopera rasa o colmada. Jamás pude sonsacarte el tiempo de cocción. «Tienes ojos y un cuchillo, es más que suficiente para saber si está hecho o no», me decías.

Esta mañana, mientras preparaba el caldo de cangrejos de río, he vuelto a preguntarme dónde habrás escondido tu cuaderno de recetas. Ese cuaderno es como una burbuja que estalla de vez en cuando en mi memoria. A veces basta con muy poco para que aparezca, como un sueño, sobrevolando mis fogones. El otro día pensaba en cómo rellenar el pollo asado y de pronto recordé que a veces le metías un *petit-suisse* dentro. Me vino una imagen a la mente: es domingo y estás en la cama con mamá, los dos recostados sobre la almohada. Ella tiene el cuaderno de recetas apoyado en los muslos y mordisquea el lápiz. Noto que estás irritado por las preguntas que te hace mientras da golpecitos en tu tazón de café: «¿Y bien, chef?, ¿esa receta de relleno para el pollo?». Tú levantas la mirada hacia el techo. No soportas que te llamen chef. Hundes la nariz en el tazón y farfullas: «Le metes un *petit-suisse* por el culo».

¡Cuántas veces he recordado este gesto mientras vacilaba entre mis cazuelas! ¡Cuántas veces he soñado que hojeaba tu cuaderno en la soledad de mis fogones! Lo veo en manos de mamá, con aquella cubierta de piel tras la que fluye un torrente de palabras que hablan de los ingredientes, las cocciones, la técnica, los sabores. ¡Yo que siempre he detestado la salsa bechamel! Me habría gustado aprender a hacerla paso a paso, poder leer la receta en el papel en vez de tener que espiar tus movimientos.

Pero tú, un buen día, decidiste hacerlo desaparecer en uno de tus cabreos.

3

Esta tarde he ido a buscar a Lucien para que no tuviera que coger la mobylette. Ha envejecido con tu enfermedad, cada vez le cuesta más estar en la cocina. Se está encorvando como una varita de mimbre, siempre tan firme delante de tus fogones. Nunca te oí hablar de él como tu segundo. Decías Lulu, «mi Lulu». Lucien es hombre de pocas palabras, pero hoy, en la furgoneta, me ha preguntado: «¿Cómo está?». «Estable», le he respondido. No he tenido fuerzas para decirle que ibas a morir esta noche. Eres toda su vida, ya lo sabes.

Se ha puesto el delantal y los zuecos y ha vigilado atentamente la preparación de los volovanes. Ha visto la trufa que yo quería rallar antes de servirlos. Le he preguntado por qué sonreía: «¿Te acuerdas de la cara del viejo cuando le pusiste trufa a su *pâté en croûte*? Dijo que esa no era su receta, que tirabas el dinero por la ventana». Nunca te he visto cocinar con trufa. Siempre decías: «Es muy cara, viene de muy lejos y, además, mata el resto de los sabores». Siempre has tenido debilidad por las morillas. Las que Lulu te traía de sus rincones secretos.

Un día creí haber encontrado tu maldito cuaderno de

recetas. Lulu dormía la siesta en el patio trasero y tú habías salido a recoger cerezas para tus tartas *clafoutis*. Rebusqué entre las alforjas de la moto de Lulu y vi el trozo de una tapa de cuero entre trapos sucios. Iba a sacarlo de la alforja cuando se acercó: «¿Qué rebuscas, muchacho?», me preguntó con una voz carente de enojo. Sentí que me sonrojaba. No me veía capaz de mentir a Lulu, tan honesto, tan humilde. «Creí haber visto el cuaderno de recetas de papá», resoplé. Lulu me dijo que sacara lo que había encontrado. Era un viejo forro de cuero que contenía páginas de periódico meticulosamente dobladas: «Lo utilizo para envolver los peces cuando salgo a pescar. Y los champiñones, y las verduras», explicó. Me quedé ahí plantado como un pasmarote. Era incapaz de contarle a Lucien que no podía quitarme el cuaderno de la cabeza desde que mi padre había intentado quemarlo en su cocina de carbón. Lucien me dijo con suavidad mientras cerraba la bolsa: «Olvídalo. Si no, el viejo se cabreará».

Lucien te llama «el viejo» desde que teníais veinte años y eras su sargento en Argelia. Nunca has tenido que darle ninguna orden en la cocina. Siempre me has dicho que Lulu te leía el pensamiento cuando explorabas los acantilados en busca de una cueva en la que podrían haberse escondido los *fellaghas*. Adivinaba cuándo no te gustaba una salsa, y siempre tenía a mano un poco de mantequilla y de harina para rectificarla si era necesario.

Esta noche he dejado que preparara *gougères* para el aperitivo. No he querido decirle que necesitábamos todo el espacio para los volovanes. Además, a Lucien le encanta ocuparse de Guillaume, el aprendiz al que le ha confiado su receta. Es asombrosamente locuaz con el chico. Le ha enseñado a dar forma a las *gougères* con una cuchara sopera. No es por nada, pero tú nunca has tenido tanta paciencia conmigo.

Hemos picado algo antes de empezar el servicio. Lucien y Guillaume se han comido la carne que quedaba en la carcasa de la pularda. Yo me he comido una *gougère*. Me apetecía beber un buen vino. He ido a la bodega y he escogido una botella que me regalaste, un beaune Vigne de l'Enfant Jésus. Lucien me observaba detenidamente con su mirada a lo Buster Keaton. He ido a por tres copas y le he dicho a Guillaume: «Pruébalo, es un buen vino».

Me habría gustado que nos hubieras visto a Lucien y a mí emplatando los volovanes. Guillaume ha calentado los platos. Hemos colocado la carne en el centro y las *quenelles* y la salsa a ambos lados del hojaldre. He rallado la trufa. Chloé, la joven que hace turnos extra en el comedor, no se atrevía a coger los platos del mostrador. Le he preguntado si le daba miedo quemarse. Me ha dicho que no, que lo que pasaba es que nunca había visto unos volovanes tan bonitos como los míos, que en los otros restaurantes en los que había trabajado utilizaban hojaldre industrial y el relleno era de bote. Me he acordado de tus palabras: «Aquí lo hacemos todo, lo otro no es cocina».

A las nueve y media he dejado que Lucien, Guillaume y Chloé terminaran el turno. He subido poco a poco hacia el hospital. Esta noche, la niebla puede cortarse con un cuchillo. Me he sentado a fumar un cigarrillo en un banco del parque. Me he acordado de la luz otoñal sobre las hojas doradas que observábamos cuando te paseaba en la silla de ruedas. Me reñiste porque encendí un cigarrillo: «¡Deja eso! Ya has visto a dónde me ha llevado». Te pregunté por qué habías fumado un Gitanes sin filtro tras otro toda la vida, desde el primer café en la cocina hasta las once de la noche, cuando sacabas brillo al acero inoxidable de los fogones. «Me ha ayudado a aguantar», refunfuñaste. Sabía que lo mejor era no preguntarte más.

Entro en tu habitación con la seguridad de que es nuestra última noche juntos. Te pongo perfume, intento recolocarte el poco pelo que te queda después de que la radioterapia te quemara la cabeza. Sé que aceptaste ese último tratamiento por mí, con la esperanza de arrancarle unas semanas más a la muerte. Me siento culpable por haberte hecho soportar esos rayos horribles en el sótano del hospital. Te toco la boca, que parece una corteza de pan duro. Te humedezco los labios con un poco de Vigne de l'Enfant Jésus, me echo un poco en el vaso que está en la mesita de noche. Te digo: «Por ti, papá», y me lo bebo de un trago. El vino quema el agujero que va creciendo en mi estómago a medida que tu respiración se debilita. Recuerdo cuando tomé mi primera gota de vino contigo. Tendría diez años. Habíamos ido a Corgoloin, era una mañana gris de enero. Tenías la costumbre de visitar a un viticultor con la voz ronca, que pronunciaba mucho las «r». Os deteníais en cada barrica a degustar el vino. El viticultor no paraba de hablar y tú soltabas alguna palabra después de saborearlo. Estábamos sentados sobre un tronco, habías traído unos quesitos de cabra un poco duros y una hogaza de tu pan. Me encantó el sabor del pinot noir en cuanto lo probé con el queso picante.

El reloj de la pared de tu habitación marca las diez y media. Me quito los zapatos y el viejo jersey marrón de cuello con cremallera, me siento en la cama y te abrazo. «¿Sabes qué? —te digo—. No se oía ni una mosca mientras los clientes se comían los volovanes. Solo el sonido de los cuchillos y los tenedores rebañando los platos. Y tienes razón sobre la trufa, es demasiado, excepto tal vez en la tortilla. Sin ti, mi cocina no tendría sabor, no tendría sentido. Me has enseñado sin decir nada. Ya puedes marcharte tranquilo, papá. Hemos tenido una buena vida juntos, aunque a menudo no lo pareciera. Te quiero y te querré siempre. Igual que quiero y querré siempre a mamá».

Tu pecho se hunde lentamente en un último suspiro, como un globo que se deshincha. Te abrazo y te subo la sábana hasta el cuello. Cierro la puerta del pasillo y susurro a la enfermera: «Ya está».

Fuera, la niebla me cala los huesos. Pienso en cómo te sentirás dentro de la tierra helada. Lucien me espera en la cocina, leyendo el periódico sobre la encimera. Vuelvo a repetir: «Ya está», y lleno dos vasos con lo que queda de la botella de Vigne de l'Enfant Jésus. Abro el cajón de la mesa como un autómata, como si fuera a encontrar el cuaderno de recetas, pero solo hay un paquete de pañuelos de papel. Parece que te lo has llevado a la tumba. Ese cajón vacío es como si hubieras muerto por segunda vez.

4

Es una invernal mañana de domingo y debo de tener unos cinco años. El sol se filtra a través de las persianas. La escalera de madera que baja a la cocina cruje aunque vayas de puntillas. Enciendes la cocina de carbón, colocas la cazuela en el fregadero y la llenas de agua. No puedes estar sin agua caliente en la cocina. Por mucho que te digamos que el hervidor de agua sirve para eso, tú necesitas que tiemble sobre los fogones. «Temblar, no hervir —dices—. El agua a cien grados lo mata todo». También se oye el rugido del molinillo de café. No soportas los cafés de máquina que sirven a los clientes en el comedor, necesitas lo que llamas tu café de puchero. Una mezcla de arábica y robusta, un café ácido con sabor a quemado. Siempre haces café para todo un regimiento en una cafetera de metal enorme. La colocas en el borde de la cocina para mantener el calor hasta que te tomas la última taza, antes de subir a acostarte. Solo tú puedes beberte ese café «amargo como la justicia», como dice Lucien mientras se prepara el té.

En cuanto el aroma del café llega al piso de arriba, me levanto y voy corriendo hasta vuestra habitación para cerciorarme de que mamá sigue durmiendo. Me aterra la idea de que se haya marchado y encontrar la cama vacía. Es un miedo extraño que me encoge el pecho. La noche anterior, mientras yo la achuchaba en la cama, me dijo: «te quiero». Necesito abrazarla muy fuerte antes de dormirme. Por las noches huele a Nivea, la misma crema que me pone en las mejillas cuando se me cortan por el frío. Tú me gritas desde la habitación: «Buenas noches, hijo». Y ayer por la noche añadiste: «¿Mañana me ayudarás a hacer el brioche?». Te respondí que sí entre risas. «Mañana déjame dormir, diablillo», me susurró mamá. Esta mañana abro la puerta con cuidado y veo un mechón color caoba entre la almohada y el edredón, donde tiene enterrada la cabeza. Tú silbas en la cocina.

Voy hacia allí con mi peluche, un oso raído y viejo. «¿Ya estás despierto? ¿Qué haces? Haciéndote el sorprendido, como siempre. No acerques el peluche al fuego. Ya le quemaste una oreja. ¿Tienes hambre?». Niego con la cabeza. Me coges por la cintura y me subes a la encimera. El frío del acero inoxidable me atraviesa el pijama y me congela las nalgas. Sumerges el cucharón en la cacerola y humedeces el café con cuidado. Este gesto me encanta. Coges un poco de café de la cafetera que todavía no está llena y te apoyas a mi lado. Metes la nariz en la taza y parece que soplas e inspiras al mismo tiempo. Buscas a tientas el paquete de Gitanes, sacas uno y lo prensas en la encimera. Enciendes el Zippo con el muslo y das una buena calada que se lo lleva todo al fondo de los pulmones. No me preguntes por qué, pero el simple contacto con tu piel suave hace que ese olor fuerte a tabaco me guste.

Apagas el cigarrillo, das una palmada, y exclamas: «¡A por

el brioche!». Sacas un cubo de levadura de la cámara frigorífica. Me dejas desmigarla dentro de un bol en el que has vertido leche. Huelo la mezcla y el olor me embriaga. Me recuerda al olor agridulce de mamá cuando hace calor. Espolvoreas harina al lado de los huevos. No pesas nada, igual que con la sal. Te las arreglas con la cuchara que te sirve para medir y para probar lo que preparas. Siempre la tienes a mano. Después de meterla en el jugo de la ternera o en la compota de ruibarbo, la aclaras dentro de una jarra de agua con otros cubiertos que utilizas en los momentos álgidos. La secas enérgicamente con el trapo. Pasas del uniforme blanco y del gorro de cocinero. Siempre con tus delantales azules encima de una camiseta blanca y un vaquero; los pies sin calcetines dentro de los zuecos de cuero negro. A veces, entre plato y plato, marcas el ritmo repiqueteando con la cuchara sobre los fogones mientras tarareas a Sardou o a Brassens. Los domingos escuchas casetes en la cocina. Casi siempre de Graeme Allwright. Te sabes la letra de *Jusqu'à la ceinture* de memoria. Abres los ojos de par en par y berreas: *On avait de la flotte jusqu'au cou et le vieux con a dit d'avancer*, y sigues: *Maintenant tu me fais un tas avec ta farine comme si c'était du sable*. Me encanta meter las manos en la harina, parece que tengo seda entre los dedos.

Deslizo las manos, empujo un poco de polvo blanco sobre la mesa de acero inoxidable y disfruto del contacto. También me gusta la sensación al tocar la corteza de la costilla de ternera, la peladura de la cebolla arrugada entre los dedos, la madera de las ramas de canela, la piel aterciopelada del melocotón de agosto.

«Ahora haces un agujero en medio de la harina». Tus manos guían las mías con cuidado antes de poner la leche y la levadura. Quiero romper los huevos. «Espera, lo haremos de otra forma». Colocas un bol delante de mí. Tengo que cascar el huevo en el borde, pero lo chafo y la cáscara se mezcla con la yema y la clara. «No pasa nada», sonríes. Coges otro huevo y otro bol, pero no tiras nada. Ni las hojas de los puerros ni la carcasa del pollo ni la piel de las naranjas. Tienes el arte de transformarlo todo en caldos, en polvos. «Si pudiera, tu padre reciclaría el humo de los Gitanes», dice Lucien. «Vuelve a empezar», me pides, retirando los trozos de cáscara de huevo. Me vuelvo loco de contento cuando consigo cascar el segundo huevo sin machacarlo. Los bates con fuerza antes de mezclarlos con la harina. Te colocas detrás de mí y me coges las manos: «Vamos, ahora amasamos, amasamos». Al principio estoy concentrado, pero después me río con la mezcla pegajosa. Me riñes: «No hagas tonterías, la masa tiene que ser elástica». Añades la mantequilla en pomada, y me chupo el dedo índice; me encanta el sabor de la mantequilla que compramos en la quesería todos los domingos, junto con la nata y el queso comté, morbier y bleu de Gex. «Ya lo tenemos», susurras mientras colocas la masa en un recipiente y la cubres con un paño. «Ya verás cómo crece y se hace el doble de grande. Venga, vamos a buscar las ostras para mamá».

Vivimos en un pueblo en el que el mar es un sueño lejano. En la callejuela que sube hasta la plaza del ayuntamiento hay una caverna muy curiosa que parece haber sido excavada en la roca. La pescadería es una cueva in-

5

Al volver, dejas la bolsa con las ostras sobre el alféizar de la ventana. «¿Has visto? La masa ha crecido». Meto el dedo índice en esa barriga hinchada que huele a levadura. No entiendo por qué la doblas y la rompes. «Ya verás cómo sigue creciendo», dices encendiendo un cigarro y desplegando *L'Est Republicain* encima del acero inoxidable. Te inclinas sobre las páginas, con la mano izquierda y el codo derecho apoyados en la encimera. Te recuerdo leyendo el periódico cada mañana. Sé que no puedo molestarte. Más que lo que dice, lo que te importa es leerlo. Vas descifrando las palabras con cuidado, algo inquieto, como cuando pruebas tu comida. Empezaste demasiado pronto en los fogones como para tener la confianza que da el conocimiento. Y aunque te sabes las conjugaciones y las concordancias, el boli Bic se mueve temeroso sobre el papel cuando coges un pedido. Cada vez que aprendes una palabra nueva, que descubres un nuevo mundo en la televisión, conmigo sentado en tus rodillas, sientes la fascinación de los autodidactas. Te encanta ver el informativo *Cinq colonnes à la une*, y a Frédéric Rossif explicando cómo viven los animales. Pero cuando mamá corrige los exámenes de sus alumnos pareces avergonzado. Un día abriste el manual de literatura de Lagarde y Michard y lo cerraste de golpe, como si te hubieran pillado haciendo algo malo. «El libro no te va a morder», te susurró mamá con una sonrisa. Mucho tiempo después me hablarías de los pueblos de Argelia en los que la gente no sabía ni leer ni escribir.

Mamá es profesora de literatura en el instituto. «Eres mi intelectual burguesa», le sueles decir, y ella se enfada. La primera vez que la viste no le hablaste así. Era un día de septiembre, de lluvia y hojas mojadas. Empujó la puerta, tenía los ojos irritados por el humo del cigarrillo. Nicole no la había visto entrar, estaba ocupada sirviendo una ronda de Picon bière. Fue Lucien quien le tiró de la manga al subir de la bodega. Nicole se enojó, era una molestia para su menú proletario. «¿Para comer? ¿Una persona?». Mamá asintió cohibida. Nicole recorrió la sala repleta de clientes habituales. En tu restaurante cada uno tenía su sitio, y casi su servilletero. No se podía colocar a una desconocida en cualquier lado. Nicole vaciló y le preguntó: «¿Le va bien si le preparo la mesa de la ventana?». Mamá esbozó una sonrisa y dijo que sí. Nicole retiró las suculentas y las revistas viejas de la mesa, desplegó un mantel de papel y colocó un plato y los cubiertos. Mamá se sentó y no se atrevió a decir que un menú completo era demasiado para ella. No tocó la jarra de vino, pero se lo terminó todo de buen grado. Había ensalada de remolacha con canónigos, asado con patatas panaderas y tarta de manzana.

Volvió los días siguientes. Siempre en el mismo sitio,

con un libro apoyado delante del plato. Nicole estaba muy sorprendida de que se pudiera comer leyendo. Algunos clientes se atrevieron a invitarla a un aperitivo o a un café, pero ella siempre declinó la invitación educadamente, con una leve sonrisa. Un día asomaste la cabeza a través del pasaplatos para ver a esa solitaria comensal tan peculiar. Sonreíste. Nada más. La primera vez que hablasteis era viernes. Habías cocinado merluza con patatas salteadas. Cortadas a cuadraditos y cocinadas a fuego vivo en sartenes de acero inoxidable de Le Val-d'Ajol. Las estabas removiendo cuando Nicole gritó: «La señorita solitaria pregunta si podemos servirle unas patatas extra». Llenaste hasta arriba un plato espolvoreado con cebollino y se lo llevaste. Lo primero que vio mi madre fue tu dedo deformado y tus ojos azules.

—Henri, para servirla —dijiste.

—¡Pero aquí hay muchísimas patatas! —respondió ella riendo.

Levantaste los hombros con cierta ironía y preguntaste:

—¿Mademoiselle?

—Hélène —respondió ella.

—En mi restaurante, mademoiselle Hélène, es todo o nada.

Parece que estas palabras la sedujeron.

Observo cómo introduces el brioche en la boca negra del horno, y cuando lo abres para regar los pollos con tu cuchara para todo. Para mí eres el maestro del fuego; un mago que consigue que el brioche se hinche; un ladrón de cajas fuertes cuando abres las ostras; un rey mago cuando bates la crema *chantilly* y derrites un poco de chocolate negro para mí. La cocina huele a brioche y a zumo de naranja. Es la estación de la naranja sanguina. Las pelas y me dejas colocar las rodajas en un plato. Añades unas gotas de agua de azahar. Dices que te recuerda a Argelia.

Le llevo un vaso de zumo a mamá. Ha descorrido las cortinas, acomodado las almohadas y está leyendo un libro enorme con sus gafas de concha. Mamá siempre está leyendo. Hay montañas de libros y de revistas en la cabecera, y un bote lleno de lápices. A veces anota cosas en los libros. Me fascina que se pueda escribir sobre un texto impreso. «¿Quieres beber un poco de zumo de naranja conmigo?». Le digo que no. Espero el brioche con *chantilly* y chocolate.

Buscas la mirada de mamá cuando se pone a leer de nuevo mordisqueando un trozo de brioche. Acaricias la cubierta y le preguntas con aparente inocencia:

—¿Quién es Simone de Beauvoir?

—Una escritora.

—¿Se dice escritora?

—Claro, también se puede decir una cocinera, con «a» final.

Tú te echas a reír y la provocas:

—¡Falta mucho para eso! Ya me gustaría verla por las mañanas cargando el carbón para encender el fuego.

—¿Sabes que existen las cocinas de gas y las eléctricas?

—No hay nada como el carbón para cocinar a fuego lento. Si le quitaras el carbón a mi Lulu, se moriría. —Dices mientras le quitas las gafas de concha.

—¿Qué haces? —pregunta.

—¿A ti qué te parece?

Mamá se sujeta las gafas y te mira molesta. Tú insistes, cogiéndola del cuello. Ella sacude la cabeza para liberarse y tú sonríes suavemente, avergonzado:

—Es domingo.

—¿Y qué? —responde ella tajante.

No me gusta su «¿y qué?». Gira la página y sigue leyendo.

—Y nada… —Te levantas suspirando.

Vuelves a la cocina. Yo también, solo en la habitación con mamá, siento que sobro.

6

No hace tanto tiempo que mamá te esquivaba juguetona cuando le quitabas las gafas e intentabas besarla. Quería impacientarte. «¿Y si fumamos un cigarrillo?». Cogías el paquete de Gitanes de la mesita de noche y me decías: «Pequeño, ve a jugar a tu habitación». Yo te obedecía como un soldado mientras cerrabas la puerta detrás de vosotros.

No hace tanto tiempo que éramos felices. Todos los veranos preparabas una paella gigante en el horno de leña con Lulu, en el patio trasero del restaurante. Era una odisea con aquella montaña de arroz, mejillones, calamares, chorizo, conejo y pollo cocinándose sobre un fuego que Lucien mantenía con destreza. Me dejabais meter algunas ramitas entre las brasas. En la cocina había una foto mía con tres años sentado dentro de la paellera, mientras tú y Lulu la sujetabais por las asas. A mamá no le hacían gracia estas bromas. El día que le pediste que levantara la tapa de la cacerola en la que me habías escondido se enfadó mucho.

Cada domingo te pedía que trajeras una bandeja, pero tú insistías en poner la paella encima de la cama. «Es nuestro almuerzo sobre la hierba», decías mientras disponías las ostras, la ensalada de naranjas y el brioche caliente. Nosotros no podíamos servirnos, eras tú el que preparaba los platos. Las ostras colocadas en forma de estrella para mamá; el pan integral con la mantequilla y una rebanada de brioche cubierta de chocolate caliente y *chantilly* para mí. Los domingos también teníamos «cine». Siempre fingías que te habías olvidado algo y bajabas corriendo por la escalera. Mamá me guiñaba un ojo mientras se metía una ostra en la boca. Yo mordisqueaba mi pastel de *chantilly* para que durara más. Te oíamos subir de nuevo sin prisa, se percibía la alegría en tus pasos. Aparecías con un jarrón con tres ramitas de forsythia en flor y una copa de champán en la mano derecha. Mamá te sonreía y movía la cabeza. «Para mi princesa», susurrabas, y a veces decías más bajito «Mi puta burguesa». Mamá fruncía el ceño: «Cállate».

Siempre os recuerdo en vuestros «almuerzos sobre la hierba». Mamá sentada en la cama con las piernas cruzadas, bebiendo sorbitos de su champán entre ostra y ostra. Tú recostado en un cojín con el delantal y el tazón de café sobre las rodillas. Coges un gajo de naranja, enciendes un cigarrillo. Creo que nunca te he visto comer sentado a una mesa. Si es que podemos llamar comer a rebañar los restos del estofado de la olla o a raspar la corteza de un pedazo de comté con el cuchillo. En verano comías un tomate con un poco de sal; en invierno mojabas las hojas de la endivia en una vinagreta. A veces, al terminar el turno, Lucien preparaba una tortilla con restos de cebollino para los dos, y compartíais el último trozo de tarta. Parece que en Argelia hacíais lo mismo. Comíais pan de cebada empapado en aceite de oliva y algunas almendras en lugar del rancho del cuartel y las raciones de combate. Cuando mamá te decía que comías mal, respondías que siempre habías comido poco, que los cocineros erais así, que lo que te gustaba era cocinar para los demás, no para ti.

Tardé en darme cuenta de que lo hacías todo tú para que mamá no tocara un plato. Hay que decir que el piso diminuto que había encima del restaurante no tenía cocina. Tus fogones eran tu reino, y mamá no formaba parte de él. Pocas veces se atrevía a adentrarse, estaba incómoda, le costaba encontrar el azúcar o pedir un poco de compota para mí. El resto del tiempo comíamos en el restaurante, en la mesa de al lado de la ventana en la que solía sentarse mamá. Nunca comíamos el menú, sentías la obligación de prepararnos «algo especial». A mamá le encantaban los riñones de ternera. Los preparabas a la perfección: rosaditos, como le gustaban, desglasados con oporto, ligados con un fondo de ternera, con nata y con mostaza. Para mí, empanabas escalopes finitos con pan rallado crujiente. «¿Está bueno?», nos preguntabas, y nosotros asentíamos con la cabeza, con la boca llena como dos niños. Pero, muy en el fondo, yo creía que no la dejabas cocinar.

En nuestro último almuerzo sobre la hierba mamá te hizo un regalo. Puede que todo empezara a ir mal desde que te dio aquel maldito regalo. Puso en la cama un grueso cuaderno de notas encuadernado en un cuero rojizo muy bonito, con un papel suave de color marfil, y una cinta roja para marcar las páginas. «¿Es para tu trabajo?», le preguntaste intrigado. Mamá te miró con aquella ternura cansada que solía acompañar vuestros malentendidos.

—Es para que escribas tus recetas.

—¿Escribir? —repites varias veces subiendo el tono.

Estaba claro que no había entendido nada sobre este condenado trabajo. Sí, eras cocinero, deleitabas a tus clientes, y el Relais fleuri funcionaba como un reloj. Podrías haberte expandido, celebrado banquetes, bodas... Pero eso era ignorar la miserable vida que te había llevado a elegir entre dos caminos. En otro tiempo fuiste aprendiz de panadero y sargento, pero en el fondo estabas convencido de que no habías elegido nada, que todo era cosa del destino, el *mektoub*, como lo llamaban al otro lado del Mediterráneo. Cuando te unías a las conversaciones de la barra solías decir: «Hay que comer». Te habías hecho cocinero para picotear, pero ¿tal vez habrías preferido ser oficial de la marina mercante?, ¿médico?, ¿ingeniero de montes y caminos? Un día defendiste a un chico de un barrio marginal que se había convertido en ladrón. El periódico hablaba del juicio. Según tú, era un ladrón «porque había nacido en el lado malo del pueblo, y no donde los burgueses». Dijiste algo que dejó callada a toda la barra:

—Si me das a elegir, prefiero a un ladrón que a un rentista.

—Henri, no puedes decir eso —dijo un cliente.

—¿Y eso por qué? —le respondiste con frialdad.

En las películas siempre preferías a los canallas, a los samuráis, a los desertores por encima de los héroes de buen corazón. Recuerdo el día que te enseñé a De Niro en *Taxi Driver*. «Podría haber sido yo si no hubiera vuelto de Argelia con Lulu», me dijiste.

Nadie podía entender la rabia y la resignación que había en tu «Hay que comer». Ni siquiera mi madre, una licenciada en Letras modernas que acababa de retomar su tesis sobre Crébillon hijo. ¿Un cuaderno de recetas? ¿Y por qué no una estrella Michelin? Y todavía peor: mamá te había dicho que tú le dictarías las recetas.

—¿Y piensas escribir como hablo?

Te cogió del cuello para darte un beso.

—¡Estás loca!

—No. Te quiero.

Al principio le seguiste el juego. Un domingo por la tarde me mandasteis a jugar a mi habitación. Cuando volví, la cama estaba deshecha y mamá anotaba tu receta de pollo de Bresse. Utilizaba un lápiz con goma para poder borrar cuando no estabas seguro.

—Hay que tostar los trozos de pollo en una sartén grande.

—¿Tostar? —preguntó mamá.

—¡Dorar! —Exclamaste con un punto de ironía que parecía decir: «Esta licenciada en Francés no sabe lo que significa "tostar"».

Os echasteis a reír y me tranquilicé. Tal vez aquel cuaderno de recetas fuera una buena idea.

Pero las discusiones iban en aumento con cada receta. Mamá escribía como si fuera un libro de verdad, y a ti los libros te asustaban, sobre todo en la cocina. Te alejaban de mamá. No te reconocías en sus palabras complejas.

Pensabas que la intuición y el sabor desaparecían en las recetas escritas. Sospechabas que mamá quería alejarte de los fogones y colocarte en una posición social que no era la tuya. Tenías la sensación de que te había regalado aquel cuaderno para que entraras en su mundo, el de la lectura y la escritura. Cada vez más a menudo, cuando estabas solo en la cocina por la mañana temprano o bien entrada la noche, pensabas que mamá ya no te quería.

7

Es sábado, y los sábados toca cabeza de jabalí. Quiero prepararla contigo y con Lucien. Esta mañana, Lulu ha llegado más tarde que de costumbre porque tenía que ir a recoger una cabeza de cerdo al casquero. He oído la moby-lette de Lulu, su «Azul» la llama. Todos los días viene con ella a trabajar. Veinte kilómetros para ir al amanecer y otros veinte para volver, casi siempre de noche cerrada. Llueva, nieve o haga viento. Tengo permiso para registrar las alforjas de cuero de la Azul, que está aparcada en el patio de atrás. En la de la derecha hay un trapo de cocina lleno de grasa, una llave inglesa, un destornillador y una bomba para bicicletas con la que suelo jugar. En la de la izquierda hay una bolsa de yute que Lulu llena de champiñones, rebozuelos y trompetas de la muerte cada temporada.

Cuentas que Lulu y tú volvisteis juntos de Argelia. Al llegar al puerto de Marsella os dirigisteis hasta la estación Saint-Charles. Lucien consultó los horarios de su tren y te preguntó a dónde ibas. «Me da igual, mientras haya un puesto de panadero y una cama cerca del obrador», dijiste. Lulu te propuso que fueras con él. Conocías bien su zona, pero nunca se lo habías dicho. Teníais que cambiar de tren en una ciudad del este y le propusiste tomar una cerveza. Hacía mucho calor. Al salir de la estación visteis un café restaurante abierto con una terraza llena de geranios. Os sentasteis y le pedisteis dos cañas a una mujer de edad indefinida con dolor de piernas. Entonces viste el cartel de «Se vende». Te tomaste la cerveza a sorbitos y al pagar le preguntaste:

—¿Es usted la propietaria?

Asintió.

—¿Cuánto pide?

—Hay que negociarlo con mi marido. El lunes vuelve del hospital.

Te giraste hacia Lulu y le preguntaste:

—¿Te apuntas?

Dijo que sí, y añadió:

—Pero no he tocado una olla en mi vida.

—No pasa nada, tampoco sabías utilizar una metralleta —respondiste.

Antes de coger el tren miraste la fachada del bistró y dijiste:

—Lo llamaremos el Relais fleuri, ¿te parece bien?

—Contigo todo me parece bien —dijo Lulu.

Al lunes siguiente el trato estaba cerrado.

La cabeza de jabalí es mucho más que una receta para ti. Representa tu forma de cocinar, a partir de casi nada: un mendrugo de pan duro, restos de carne. Cocinabas platos que hoy serían inimaginables, como el pezón de vaca empanado. En la casquería del mercado cubierto, la cabeza de cerdo me parece una quimera aterradora. Lulu me asusta diciendo que los cerdos pueden comer niños, que los bandidos los utilizan para deshacerse de sus enemigos. El tripero se ríe y te guiña un ojo: «¿Me vas a comprar toda la tienda?». Me da un trozo de salchicha con unos dedos que huelen a sangre. Busco tu mano, como hago siempre que estoy intranquilo, pero estás demasiado ocupado para hacerme caso. Estás entusiasmado delante del puesto. Necesitas un metro de entraña para los bistecs, el plato de los sábados. Es un espectáculo ver cómo los clientes sumergen las patatas en esa salsa embriagadora. La cuchara raspando el jugo de la carne al fondo de la sartén. Remojo un trozo de pan duro.

Quieres de todo: pies de ternera para la gelatina de la cabeza de jabalí, manitas de cerdo que servirás con una vinagreta y rodajas de cebolla blanca. Por supuesto, riñones de ternera; las *andouillettes* que sirves gratinadas, y también lengua de buey que preparas con salsa de tomate y pepinillos. Te giras hacia Lulu: «¿Y si incluimos una ensaladita de callos en el menú?». Lulu asiente. Lulu siempre asiente. El casquero prepara los paquetes. «¿Alguna cosa más?». Te cuesta decir que no. Mientras tanto, corta minuciosamente un filete de hígado de ternera con el cuchillo. «Esto es para que comáis hoy», dice, y añade una bolsa de torreznos. Me encantan los torreznos.

Cuando te veo con Lulu tengo la impresión de estar en una película bélica. Estáis tan compenetrados que parece que hacéis maniobras militares. Afiláis los cuchillos puntiagudos con el fusil. Lucien va a la despensa a buscar algo para preparar un buen caldo: zanahorias, cebollas, chalotas y un manojo de perejil. Él pela las verduras mientras tú lavas la cabeza de cerdo con agua fría. En tus gestos hay cierto recogimiento. Un día te pregunté: «¿Te da miedo hacerle daño?». Mi pregunta te sorprendió. Te quedaste en silencio y después me respondiste con una sonrisa: «El respeto por los animales, vivos o muertos, es muy importante. Todavía más si vamos a comérnoslos». Recuerdo las palabras que me dijiste cuando, de adolescente, me enteré de que Lucien se encargaba de lavar y preparar a los muertos antes de meterlos en el ataúd. Nunca me atreví a preguntarle directamente, así que te pedí a ti que me explicaras cuál podía ser la motivación para que un hombre lavara a los muertos. Era un día que estabas de mala leche y me gruñiste: «Lucien nunca ha tenido miedo de los estragos de la parca». Hace algunas semanas, al volver del hospital en coche, Lucien me dijo: «En Argelia las vimos de todos los colores».

Lucien me levanta para que pueda ver la cabeza de cerdo dentro de una cacerola enorme. Añade las cebollas picadas, el clavo, dos pies de ternera, tomillo, laurel, pimienta, nuez moscada y sal gruesa. Descorchas una botella de vino y también lo echas dentro. Es un vino blanco que hace Lucien. Tiene algunas cepas de chardonnay y también de noah, una variedad prohibida desde los años treinta. El noah es uno de los secretos de la caldereta que solo dejas probar a unos pocos privilegiados. Vienen desde Lyon, Estrasburgo e incluso desde París para probar tu guiso de pescado de agua dulce. En cuanto comienza la temporada de pesca, Lucien coge su Azul y te abastece de lucios, percas, congrios, tencas. A veces, cuando llega al restaurante el pescado todavía se mueve dentro de las alforjas. Las abre y acaricia las aletas y las escamas entre las hierbas. Orgulloso, saca un lucio largo como su brazo de otra bolsa. «Vaya pico. Lo cocinaremos con salsa de mantequilla blanca», dices. Yo me encargo de frotar las rebanadas de pan tostado que acompañan la caldereta con un diente de ajo.

Degustas una copa de chardonnay con Lulu. La cabeza de jabalí protesta en el puchero. De vez en cuando cogéis la espumadera para retirar las impurezas del caldo. Peláis patatas bintje para freír. Frunces el ceño: «Pregunta a tu madre si comerá aquí». No me gusta cuando hablas así de mamá. Se ha convertido en una extraña. Ya no sabes cómo dirigirte a ella.

Mamá casi nunca come en el restaurante. Los mediodías me quedo en el comedor y ella come con sus colegas. Por las noches dejas la bandeja sobre un escalón. Ella la sube al piso de arriba y cenamos juntos delante de la tele. Os limitáis a cruzaros. Te pasas de siete de la mañana a once de la noche en la cocina. Solo os comunicáis para hablar de la escuela, de los dedos que me meto continuamente en la boca y de los cuadernos en los que me cuesta escribir.

Os oigo discutir al otro lado del tabique que separa nuestras habitaciones. No hay gritos ni lágrimas, solo voces monótonas y silencios resignados. A menudo te levantas en medio de la noche. El parqué cruje bajo tus pies. Cierras con suavidad la puerta de tu habitación y te pones esos zuecos que rechinan. Recuerdo un día que me dolían los dientes, te oigo en la escalera y voy a verte para que me cures. Entro en la habitación de puntillas y te encuentro vestido y acostado en la hamaca en la que Lucien suele dormir la siesta en el cambio de turno o cuando hace muy mal tiempo para volver en moto. Duermes hecho una bola, me da miedo despertarte. Me subo en un taburete para llegar a la estantería de las especias. Te despiertas mientras estoy abriendo un tarro.

—¿Qué haces? —susurras.

—Quería ponerme clavo en el diente, me dijiste que va bien para el dolor. —Gimoteé.

Pareces muy triste. Me coges y me dejas en el suelo. Me pides que abra la boca:

—¿Cuál te duele?

Te señalo un molar, y colocas un clavo encima.

—¿Quieres leche caliente?

Me pego a ti mientras colocas una olla sobre el fogón, todavía tibio. Enciendes un Gitanes y subes un poco el volumen de la radio donde Mort Schuman canta *Le lac Majeur*. Tengo la sensación de haber vivido siempre así, contigo. Te pregunto si yo también «puedo no dormir por la noche».

—No —sonríes.

—¿Y por qué tú sí?

—Porque aunque ahora cocine, sigo siendo un panadero, y los panaderos trabajan de noche. Cuando aprendí a hacer pan empezaba a trabajar a las dos de la madrugada.

Sé que dices la verdad. La verdad de una juventud que siempre has evocado a retazos. Pero ese pasado de panadero también te sirve para disimular tu presente. Ya no haces el pan cada noche, ya no duermes con mamá cada noche. Me he terminado la leche.

—Tienes que volver a acostarte —me dices.

—¿Y tú? —pregunto mientras te rodeo el cuello con los brazos.

—Me quedaré aquí para adelantar con los postres —respondes.

Me cruzo con mamá en la escalera. Lleva el pelo recogido por encima del cuello del impermeable Burberry. El ruido de los tacones sobre los escalones sofoca su pregunta: «¿Vienes conmigo a Dijon?». Le digo que prefiero quedarme con Lucien y contigo para preparar la cabeza de jabalí. No dice nada. Pero cuando me mira en momentos como este me siento como un pececillo que da vueltas atrapado en una pecera. El otro día me estaba peleando con la tabla de multiplicar y me dijo: «Pero si es muy fácil». Un océano nos separaba, aunque estuviéramos sentados a la misma mesa.

Desde el comedor del restaurante veo a mamá en la estación, esperando el tren hacia Dijon. Se ha anudado el pañuelo alrededor del cuello para protegerse del frío. Yo tengo un nudo en la garganta al verla irse así. Papá me llama: «Ven a comerte el filete de hígado con patatas». Sabe perfectamente que estoy viendo a mamá por detrás de los cristales. Me coge del cuello: «¿Así es como nos ayudas a preparar la cabeza de jabalí? Todavía queda mucho trabajo por hacer».

Oigo el rugido de la micheline al salir de la estación. Todos los sábados, cuando mamá se marcha, pienso por un momento que no volverá. Entonces corro hasta su habitación y me tiro sobre su almohada para sentir su olor. Volverá por la noche, seguro. Me traerá un libro o un pantalón. Querrá que me lo pruebe. Seré feliz.

8

Lulu corta el hígado de ternera a trocitos y tú añades las patatas fritas. Yo quiero «¡jugo!, ¡jugo!». Me respondes con una de tus expresiones preferidas: «¡Espera, mariposa!». Comemos sobre la encimera: vosotros de pie y yo sentado en el taburete entre los dos. Se está bien entre hombres. Nicole acaba de llegar para hacer su turno. Viene de la peluquería, se ha «repasado el color». No quiere comer.

—No quiere engordar —dices.

—¡Calla, malvado! —responde.

El sábado no hay menú en el Relais fleuri. Solo la entraña con patatas que preparas bajo pedido, eso te deja tiempo para hablar con los clientes que no son los mismos que vienen entre semana. Los trabajadores, chóferes y albañiles dejan paso a gente del mercado, parroquianos variopintos que se juntan a la hora del vermut. Allí se reúnen desde el burgués sibarita que acaba de comprarse el costillar de cordero y el queso brillat-savarin para el domingo, hasta la portera chismosa que perfumará toda la escalera con su guiso; el jubilado que cultiva el huerto para un regimiento y vende tres cabezas de ajo y dos coles en el mercado; los militantes de la Liga comunista revolucionaria y de la Lucha obrera que siguen esperando *Le grand soir*; los ferroviarios que entre un tren y otro arreglan el mundo. Adoras este micromundo de los sábados sin reloj. El aperitivo es interminable, Nicole se queja de los rezagados que se cuelgan en la barra. Los amenaza con dejarlos sin comer para obligarlos a sentarse. Siempre hay ración doble de patatas fritas para los estudiantes sin dinero. Aunque no eres rico, nunca te olvidas de los que están sin blanca.

Sobre tu infancia silenciada solo me contaste las historias de otros. Como la de aquel vendedor ambulante que siempre tenía un plato en la mesa de vuestra casita perdida entre las vías del tren y el bosque. Llevaba un hatillo que abría en el suelo de la cocina, y tu madre le compraba más de lo necesario para que no se muriera de hambre. Baratijas, una estampita religiosa, además de piedras para el mechero y de hilo para coser. Cuando la nieve blanqueaba el crepúsculo, tu padre le dejaba dormir entre la paja y el heno del granero. Un día el vendedor te dio una fruta extraña, roja y seca; te dijo que era africana. La mordiste y empezaste a correr con la boca ardiendo. Todos se reían; acababas de descubrir la guindilla. Me solías contar este episodio mientras picabas un poco de guindilla d'Espelette en el relleno de una terrina. Siempre nos ha gustado la rudeza de la guindilla. Te enseñé lo que yo llamo mi «antidepresivo», las tostadas de harissa con un hilillo de aceite de oliva y un diente de ajo machacado.

Lucien levanta la tapa de la cabeza de jabalí y tú pinchas con cuidado con la punta del cuchillo. «Ya está», dices, entornando los ojos. Sacar la cabeza de cerdo de la olla es todo un espectáculo. Está envuelta en vapor. La colocáis sobre el pedazo de pícea que utilizáis para cortar las piezas grandes de carne. Siempre te han gustado las especies autóctonas para elaborar utensilios de cocina: te encanta el boj para los mangos de las cacerolas y los cortadores de buñuelos. Aspiras el aroma del enebro del mango del cuchillo con el que deshuesas la cabeza mientras Lucien cuela el caldo, lo reduce y le añade perejil. Raspas el hueso hasta no dejar ni rastro de carne. No permites que nadie más que tú la corte en tiras finitas. El cráneo del animal aparece, es de color marfil brillante. Esa cara monstruosa me hipnotiza. Un día, cuando sea más mayor, Lucien lo blanqueará con cristales de soda. Iré al cole con mi cráneo de cerdo inmaculado para mostrarlo. La maestra lo guardará encima del armario de curiosidades junto a un ammonites fósil.

Enciendes un cigarro mientras la carne se cuece a fuego lento dentro del caldo espesado. Lucien alinea ensaladeras, boles y vasitos de vidrio sobre la mesa de trabajo de acero inoxidable. Coges el cucharón y los rellenas con cabeza de jabalí. Lucien coloca un tarro sobre el alféizar de la ventana de la cocina para que se enfríe. Os lo comeréis por la noche y, como siempre, dirás: «No está mal, pero lo podríamos haber condimentado un poco más». Nunca estás satisfecho.

Hoy hay algo más. Estás preocupado. Piensas en mamá, que está en Dijon.

—Irás a casa de Gaby de vacaciones —me dices.

—¿El hermano de Lulu?

No lo conozco, pero ¡he oído hablar tanto de él! Entro en pánico.

—¿Por qué?

—Porque sí. No protestes —me ordenas—. Todo irá bien.

Es la primera vez que estaré fuera de casa. Me alegro de ir a casa de Gaby, pero tengo miedo de que mamá y tú nunca volváis a estar juntos.

9

Son las mejores vacaciones de mi vida. Gaby vive con Maria, «hermosa como un ángel», según Lulu. Tiene los ojos azules y redondos como los botones de un botín. Maria prepara una sopa de remolacha que detesto. Me consuelo con su pastel de miel. Maria es rusa, a veces habla francés como si tuviera piedras en la boca, como el pescadero.

Antes de ir a casa de Gaby ya conocía su historia. Gaby luchó contra los alemanes en la guerra. Al principio en la clandestinidad, con los maquis en los Haut-Doubs, y luego junto a los *goumiers* marroquíes, los tabores, como los llaman en el pueblo con una mezcla de pena y de admiración. Gaby nunca habla de la guerra, son los otros los que cuentan. Lucien lleva una foto en la cartera de su hermano sentado sobre un jeep coronado con una metralleta. Cada vez que la enseña dice: «Mira qué cosas, mi hermano luchó con los árabes y yo contra ellos».

Un día oí que te contaba, no debía de ser la primera vez, cómo se conocieron Maria y Gaby. Una noche en Alemania, los tabores acamparon en un pueblo. Gaby buscaba leña para hacer fuego cuando encontró a una joven temblando aterrorizada en un granero. Con su metro noventa, Gaby parece un granjero acostumbrado a mover montañas de balas de paja con la horca. Maria tiembla ante la imagen de ese hombre terrible con una piel de oveja sobre el uniforme. Se acerca a ella y le habla, pero no le entiende. Se agacha hasta esa sombra de labios agrietados. Gaby se quita la piel de oveja con cuidado y se la ofrece; ella lloriquea de miedo. Él retrocede, y le hace un gesto para indicar que volverá. Cuando regresa con comida y una manta, sus ojos de muñeca lo escrutan sorprendidos. Abre la caja de la ración K americana y le ofrece una tableta de chocolate y galletas que ella mordisquea. Gaby enciende un fuego para calentarla. A su espalda hay dos tipos apoyados en la puerta que se ríen y dicen que «se lo va a pasar bien». Él les dice que se vayan a la mierda. Gaby cuida a Maria toda la noche, todavía demasiado asustada para poder dormir. De vez en cuando alimenta el fuego y le hace gestos para que duerma. Pero es él quien termina por dormirse al amanecer con el fusil entre las piernas.

La leyenda difundida por Lucien cuenta que desde esa noche nunca volvieron a separarse. Todos arrugamos la nariz cuando volvió de la guerra con esa chica que hablaba una lengua desconocida y venía de un país comunista. Se decía que había sido deportada como carne de burdel en las fábricas alemanas. Tras conseguir la licencia para casarse, Gaby entró en el café del pueblo. Antes de invitar a una ronda, se apoyó en la barra y dijo: «Juro que si alguien dice alguna guarrada más sobre Maria, acabará llamando a su mamaíta de la paliza que le voy a dar». Nadie dijo ni mu.

Adoro a Gaby y a Maria desde el primer día de las vacaciones. Cuando me abraza, Maria huele a violetas, y no a un perfume sofisticado como el de mamá. Observo cómo recorta los patrones de sus vestidos de flores del periódico. Escucha el programa de Ménie Grégoire en la radio mientras cose a máquina, y sonríe cuando la locutora habla de sexo. Gaby y Maria se acarician continuamente, aunque yo esté delante. Parece que estuvieran pegados el uno al otro. Incluso cuando Gaby corta leña en el bosque parece que está cerca de ella. Construyó la casa con troncos para Maria, para que se pareciera a las isbas de Rusia. «Es la casa de mi muñeca», dice rodeado de infinidad de bordados. Gaby y Maria no tienen hijos. Tienen muchísimos gatos que se llaman Kochka, «gato» en ruso. Su casa huele a madera y a mermelada. Me encanta la de moras. Maria reconoce todas las bayas y las setas del bosque. Hace infusiones con todo tipo de plantas, como de hojas de zarzamora con un poco de miel cuando me duele la garganta. Siempre tengo alguna pupa para que Maria me cuide.

Su casa es una sola estancia en forma de L donde comen y duermen. En el pie de la L, detrás de una cortina granate muy gruesa, está su cama. Mi habitación es una zona minúscula con un colchón grande relleno de hojas de maíz y una estantería en la que Maria coloca las conservas. En el techo cuelgan ristras de setas deshidratadas para sus pelmenis, los raviolis rusos que me ha enseñado a preparar y que me encantan. Doblo los círculos de pasta rellenos en forma de media luna antes de sumergirlos con cuidado en el agua hirviendo. Cojo briznas de eneldo en el jardín para mezclarlas con la crema de leche que los acompaña. Una noche, Maria me cuenta que los pelmenis se pueden rellenar con carne de oso. Se ríen de mi cara de asco. Gaby dice que, de niño, comía pájaros a la brasa, y que cuando estaba con los maquis comió zorro. «Pero antes de prepararlo hay que dejarlo fuera para que se congele».

Maria y Gaby tienen gallinas, conejos y un jardín. Me da la impresión de que son autosuficientes con lo que encuentran en la naturaleza. Dos veces por semana le compran panecillos, harina, azúcar y café al panadero que pasa con el camión. A Maria le encanta el café con mucho azúcar. Cuando alguien viene de visita, sea la hora que sea, siempre dice: «Voy a hacer café». Por las mañanas es ella la que lo prepara y se lo lleva a Gaby a la cama. Entonces dejan que me siente entre los dos y vemos cómo el sol tiñe el bosque de naranja. Cuando se alza por encima del follaje, Gaby exclama: «¡Arriba, pandilla de perezosos!».

Gabriel se autodefine como un leñador anarquista, lo que a mis ojos de niño se resume en dos cosas: nunca sale de casa sin la motosierra y siempre está cantando *La chanson de Craonne* mientras conduce su 4L. Luchó en la guerra, pero no soporta a los militares, los curas, los políticos y los polis. Tolera a los gendarmes porque una noche que Lucien se cayó borracho en una zanja, lo sacaron de allí y lo llevaron a casa de su madre. Me gusta sentarme dentro del 4L de Gaby porque me imagino que nos vamos a la guerra. El coche huele a gasolina, aceite de motor y madera recién cortada. También hay podaderas, hachas, un martillo y cuñas para partir los troncos, y limas para afilar las cadenas de la motosierra. Pero lo que más me recuerda a la guerra es el montón de harapos viejos de color caqui que están en la parte de atrás: pantalones y gorras de camuflaje, botas militares y chaquetas M43. «¿Cómo es la guerra?», le pregunto a Gaby. Se rasca la cabeza: «El noventa por ciento del tiempo te aburres como una ostra y el diez por ciento restante es una mierda, una gran mierda». Da un volantazo para salir de la carretera y tomar un sendero. Doy botes sobre el asiento del 4L. Nos paramos justo delante de unos surcos profundos llenos de agua de la última tormenta.

«Ya verás a qué lugar tan bonito te llevo», dice Gaby. Huele a madreselva mojada y al musgo alimentándose de los tocones. Caminamos sobre un colchón de hierba y llegamos hasta un claro con abedules inundados por los rayos de sol. Gaby ya ha derribado y cargado varios árboles. Deja la motosierra en el suelo, la rellena de gasolina y afila la cadena. A veces para y se inventa frases absurdas: «Bakunin decía que un hombre nunca debe separarse de dos cosas: su verga y su motosierra». Después sacude la cabeza y levanta los ojos hacia el cielo exclamando: «¡Dios mío que no existes, cuántas tonterías puedo llegar a decir! No se lo contarás a tus padres, ¿eh?».

Según Lucien, su hermano nunca ha sido capaz de hacer nada sin decir chorradas. Parece que durante la guerra hacía reír a los alemanes antes de dispararles. Gaby tiene un concepto muy curioso del trabajo: no tiene que parecer trabajo. Un día durante la comida me dijo: «Cuando un trabajo me aburre, me busco otro. No quiero tener jefes.

recto y se va a caer». Gaby no es como mi padre, nunca pierde la paciencia ni alza la voz cuando no lo entiendo. Me gustaría que fuera mi maestro, con él me apetece aprender: el nombre de los árboles, los insectos, las plantas. Hasta la geometría y el cálculo me parecen fáciles cuando me los explica con ramitas de avellano. Entre el fuego y la pila de troncos tengo la sensación de no poder descansar ni un momento. Me esfuerzo en trabajar deprisa para impresionar a Gaby. Tengo calor y me quito la chaqueta. Se gira y me dice: «Tranquilo, no hay prisa». Con él nunca hay momentos de estrés como en la cocina pero, a diferencia de mi padre y de Lucien, él suele estar solo. «Lo prefiero, ya tengo suficiente con aguantarme a mí, así que imagínate a otros... Además, el bosque está lleno de gente», dice. Cuando habla así me inquieta. Lucien me dijo que conversaba con los árboles, y que un día una camada de zorros se tumbaron sobre la chaqueta M43 mientras su madre los vigilaba. Supe que era una especie de mago protector que lo acompañaba a coger acebo. Continuamos por una pendiente hasta llegar a una llanura repleta de helechos y brezo, en la que había una cabaña de caza muy cuidada. La puerta estaba abierta. Estaba oscuro y olía a tabaco y a pastís. Había una mesa, dos bancos, una cocina de leña y un aparador. Gaby abrió un cajón mientras se colocaba un dedo delante de los labios. «Ven a ver esto», me dijo. En la penumbra descubrí cinco bebés lirón hibernando sobre un montón de paja y de un trapo hecho trizas que Gaby les había colocado dentro del cajón. Cuando iba a tocarlos, Gaby me cogió la mano: «Déjalos tranquilos, si los despiertas palmarán», susurró. Dice «morir» para los humanos y «palmar» para los animales, pero no le haría daño a una mosca.

Al terminar otra pila de leña tengo un agujero en el estómago. Gaby me mira divertido: «Te has ganado el pan», dice dejando la motosierra. Saca un puñado de patatas de su zurrón, las coloca sobre las brasas y me pide que vaya a buscar dos ramas rectas y les corte la punta. Ensarta panceta, muslos de conejo, alitas de pollo, o pescado, arenques ahumados, esos arenques que para mí son de oro y plata. Me encanta aspirar el humo que desprende el fuego bajo esos husos marinos. Adoro los filetes grasientos que bañan las patatas de mantequilla formando un puré al que añadimos un poco de cebolla silvestre. El arenque da sed. Gaby ahoga vino clarete dentro del agua de mi vaso. Tengo la sensación de ser su compañero de armas, podríamos haber combatido juntos en la batalla de los Vosgos o de las Ardenas. Intento imitarlo cuando come trocitos de pan con el cuchillo. Me cuenta que el arenque es la comida de los mineros, de los obreros, de los anarquistas. Cuando prepares tu terrina te lo contaré. Gaby rellena su pipa de Scaferlati. «¿Quieres probar?», me preguntó un día. Con él nada está prohibido, pero todo se respeta. «Eso es la anarquía», me dice Gaby mientras me tiende la pipa. La anarquía me hace toser muchísimo. «Buena señal», sentencia.

La tarde que mis padres tienen que venir a recogerme Maria me deja como un pincel. Dobla la ropa lavada dentro de mi maletita de cartón y mete una bolsa con mermeladas y el herbario que he confeccionado durante las vacaciones. Maria me ha enseñado a secar plantas con papel secante. Gaby intenta hacerme sonreír diciendo que todavía huelo a arenque, promete que cuando vuelva a ir de vacaciones me enseñará a utilizar la motosierra. Pero tengo una bola en el estómago. Voy a dar una vuelta por el jardín. Cuando oigo el ruido del motor estoy acariciando un gato tumbado entre dos hileras de judías. No me apetece nada ir a recibirlos. Los pasos de mi padre se acercan y veo la punta de sus alpargatas negras. Levanto la cabeza, el sol me ciega. Me coge la mano para ayudar a levantarme. Me da un beso fugaz, lleva una barba de dos días salpicada de canas. Me aparto y veo a Nicole detrás de él, murmurando con Maria. «¿Y mamá?». Mi padre me aprieta los hombros. Se hace un silencio que dura siglos. Una pregunta se escapa de mi boca sin pensar: «¿Está muerta?». Se repone tras un largo suspiro. «¿Pero qué dices? No, claro que no». Las lágrimas me empañan la vista y siento un miedo aterrador. No escucho la respuesta de mi padre y grito: «¿Hasta cuándo se ha ido?». Pero entonces entiendo que se ha ido para siempre.

Segunda parte

1

Al despertar pienso que quizá sigue aquí, que solo tengo que atravesar el pasillo y empujar la puerta de su habitación. De hecho, a menudo sueño con eso. Me adentro en la oscuridad, busco su cama, subo al colchón y me arrodillo sobre su espalda. Acaricio su espesa cabellera y la beso. Susurra sobre la almohada y me dice: «¿Estás ahí, cariño?». Se da la vuelta medio dormida y me abraza murmurando: «Dame un abrazo». Yo me acurruco y me balanceo. Ella me da besos en la espalda y dice: «Mi querido niño».

Una luz blanquecina atraviesa las persianas. Nos callamos, mamá vuelve a dormirse y ronca entrecortadamente. Observo el lunar que tiene en la mano derecha, me gusta ese confeti extraviado sobre su piel mate. A veces, cuando corrige exámenes, está rodeado de manchas de tinta roja. También tiene un bulto en la falange del dedo corazón. «Es la marca del boli», dice. Según mi padre, es «el bulto del conocimiento». Mi madre se despierta de repente y rebusca el reloj en la mesita de noche. «Son las siete, *hurry up*, cariño». Me encanta cuando me habla en inglés, me siento como si estuviera en *Los vengadores*. «Un día iremos a Londres», me dice.

Los pasos del piso de abajo me sacan del sueño. Los pasos cansados de Nicole, que a menudo se queja de que le duelen las piernas. Es por las varices, y porque cada día pasa quince horas de pie en el restaurante. Cuando se masajea las venas violetas de los tobillos me olvido de que es mayor, los rizos del pelo ya de color platino. Cuando fuma los Royale mentolados tras la caja registradora, con esas curvas enfundadas en la falda de tubo, los hombres se olvidan de sus quintos de cerveza. Lucien dice que «provocaría el ataque de un regimiento de húsares, lanza en ristre». Sus réplicas a los groseros divierten a los clientes de siempre. El otro día, mientras fregaba los vasos, un hombre le dijo: «Qué, cielo, ¿sale espumita?». Ella atacó de inmediato: «No la suficiente como para asfixiar a un imbécil como tú». El tipo volvió a su cerveza.

Para mitigar la pena cojo tu cuaderno de recetas. Lo saqué del cajón de la mesita de noche de mamá antes de que Nicole se instalara en vuestra habitación. A menudo lo hojeo en la cama, no tanto para leer las recetas como para encontrarme con mamá a través de su caligrafía. Me detengo sobre cada una de las letras e imagino el lunar mientras sujeta el lápiz. Tiene una manera muy particular de escribir las «e». Las acaba con una línea que se lanza al vacío en lugar de redondearse. «Es mi lado rebelde», me dijo un día riendo. Me preguntó si sabía lo que era un rebelde y, como yo dudaba, mencionó al Zorro, a Robin Hood, que ayudaban a los pobres y actuaban sin presumir. «Como papá», dije yo. Ella sonrió.

Cuando me contaste que mamá se había ido solo dijiste: «Ya no nos entendíamos. Ahora Nicole y yo nos ocuparemos de ti». Desde ese momento, Nicole se instala en vuestra habitación. Tú duermes abajo y no quieres que yo duerma solo en el piso de arriba.

No queda ningún rastro de mamá en toda la casa. Ni sus libros ni su ropa en el armario ni su reloj ni su crema Nivea sobre la mesita de noche. Su olor también ha desaparecido. A veces trato de sentirlo en la almohada, pero en lugar de eso me encuentro con el hedor de la laca de Nicole. Ha colocado su neceser lleno de productos de belleza en el cuarto de baño. Nicole se maquilla mucho. Sobre todo cuando sale los sábados por la noche. Tú dices que «pernocta» hasta el lunes por la mañana. No soportas a su novio, un charlatán de cara bonita con su traje príncipe de Gales. Viene a buscar a Nicole los sábados por la noche con el pelo color azabache engominado. La espera sentado en el bar, es el único que bebe whisky. «Solo Chivas», aclara. Se regodea delante del resto de bebedores y les promete el oro y el moro. Siempre tiene un negocio que proponer: «Un BMW casi nuevo»; «esmóquines como los de Smalto»; «Vino Montrachet tirado de precio». Invita a rondas en la barra que después pagará Nicole. Cuando te ve a través del pasaplatos jura que nunca comerá aquí porque es «cocina de moros», y está acostumbrado a ir al restaurante Du Parc, «con una estrella Michelin». Detestas su presencia hasta tal punto que le dices a Nicole que se marche antes, que ya terminarás tú. A Lucien le repites una y otra vez que «te cargarías de un bocado a este mequetrefe que viene a pedirle dinero a Nicole durante la semana». Ella sabe que no lo soportas, pero «es mi Dédé», suspira.

Lucien corre la barrera de fuera y se despide: «Hasta el lunes». Tú terminas de secar los vasos. Yo miro un programa en la tele que está colgada cerca de la barra. Me traes una naranjada y cacahuetes y sueltas: «¡Es sábado noche!», pero suena falso. Que nos quedemos los dos solos hasta el lunes te pesa. Por mucho que silbes mientras sacas brillo a la cocina, transpiras tristeza por todos los poros. Cuento los momentos en los que no tienes un cigarro en la mano o consumiéndose en algún rincón de la cocina. Te han salido canas, las manos se te han arrugado desde que mamá no te pone crema y te da masajes. Nunca hablas de ella. Haces como si nunca hubiera existido. Sin embargo, yo sé que está por toda la casa. Nunca subes al piso de arriba, le pides a Nicole que lo limpie y que lo ordene ella. El otro día le gritaste cuando me llamó Juju, como mamá. «Se llama Julien». Ya no quieres hacer brioches ni ensaladas de naranja con agua de azahar. Ya no compras ostras.

El domingo es un día complicado para nosotros dos, pero seguimos con nuestros rituales. Sin mamá, somos como dos funámbulos sobre el hilo de la vida. En un equilibrio inestable, corriendo siempre el peligro de caer y hundirnos en la tristeza. Antes de irme a la cama te veo cruzar el comedor y colocarte delante de la ventana y la mesa en la que mamá comía sola. Desde que se marchó, nadie se sienta allí, y Nicole no la prepara para comer. Se ha convertido en un cuadrado adornado con plantas, en un monumento silencioso.

El domingo me despiertas a las nueve con el bollo de pasas que compras junto con *L'Est républicain*. Como en la cocina y hago los deberes allí mientras lees el periódico a mi lado y bebes tu jarra de café. Siempre empiezas por las esquelas, después los sucesos y terminas con las noticias locales. De vez en cuando levantas la cabeza: «¿Qué significa "obsoleto"?». Voy corriendo a coger el diccionario de la estantería y te leo la definición. Quieres que me esfuerce cuando leo, me pides que lo repita otra vez. Dices: «Ah, no está mal». Es la expresión que utilizas cada vez que aprendes algo. Con mamá no necesitabas el diccionario para saber qué significaba una palabra, pero no te atrevías a preguntárselo. Desde que ella no está, quieres que aprendamos cosas juntos.

A las once y media vamos al carnicero de la Grand-Rue a comprar un pollo con patatas fritas. Elijo un pastel de chocolate en la pastelería de enfrente, tú escoges un parísbrest. Bajamos hacia el casco antiguo y atravesamos el canal, bordeamos el recinto ferial y seguimos por una alameda que continúa a orillas del río. No hay nadie en la pendiente de la orilla en la que solemos sentarnos. Suenan las doce en la colegiata, abres una lata de cerveza para ti y una naranjada para mí.

Hemos pasado muchos domingos en este pequeño rincón de soledad sin importar el tiempo que hiciera. Hincando el diente al muslo de pollo y picando patatas fritas. Ni la lluvia ni el viento nos han detenido nunca. Sacas la radio del zurrón (el mismo que tiene Gaby) y sintonizas Europa 1, después montas mi caña de pescar de bambú y colocas un trocito de pollo como cebo. Pescas al lanzado o con cucharilla. No recuerdo que pescáramos gran cosa juntos, pero es lo de menos. Nos pasamos el domingo junto a álamos temblorosos. En la radio, Michel Delpech canta *Pour un flirt*. A mí me gusta más Kool and The Gang. A veces me miras de arriba abajo como si no me hubieras visto en toda la semana. Después observas el hilo de la caña y refunfuñas: «¿Has visto en qué estado está ese vaquero? Habrá que cambiarlo». Me gusta cuando me riñes, significa que te preocupas por mí.

Cuento las horas desgranadas por la colegiata. Decido que antes de que toquen la siguiente te preguntaré por qué mamá se marchó sin despedirse. Me he quedado huérfano de sus explicaciones tranquilizadoras. Siempre decía que todo tiene una explicación: la Tierra gira alrededor del Sol, las hembras de los mamíferos tienen mamas, los Aliados ganaron a los alemanes en 1945, las hojas caen en otoño. Quiero saber. Intento recordar imágenes de nuestra vida pasada, pero solo soy capaz de recordar el brioche de los domingos, tu sonrisa cuando la amasábamos juntos, cuando colocabas la paella encima de la cama, cuando le servías las ostras con champán a mamá. Mis pensamientos se confunden cuando pienso en vuestras discusiones al otro lado de la pared. No consigo recordar el color del *foulard* de mamá cuando esperaba el tren para Dijon. Me prometo a mí mismo que a las dos te preguntaré por qué se ha ido. Es una pregunta que me remueve el estómago. Necesito una señal mágica para tranquilizarme: saco el sedal del agua y me pincho el dedo gordo con el anzuelo. Sale una gota de sangre. Es el precio de la sangre, como en las historias que me invento después de leer las aventuras selváticas de *Rahan* en el *Pif Gadget*. Frunces el ceño: «¿Estás sangrando?». «No es nada, me he enganchado con el anzuelo», balbuceo. La campana toca las dos y todavía no te he preguntado nada. Esperaré hasta que salga la siguiente gota de sangre.

No pica nada en mi anzuelo. Me levanto y enseguida preguntas: «¿Adónde vas?». Sabes perfectamente que voy hacia la cantera, pero otra respuesta me quema los labios. «¿Y a ti qué te importa? ¡No eres mi madre!», chillo. Querría que volvieras a echarme de la habitación otra vez y cerraras la puerta para quedarte a solas con mamá, como antes.

2

El cierzo me hiela la espalda cuando me agacho sobre las piedras a coger un pedazo de madera. Siempre he odiado el viento del norte, sobre todo el de nuestro este. Es un lamento lúgubre que recorre glacis de las llanuras, lagos y bosques pisoteados por la historia.

Te enseño un trozo de madera pulido por las aguas. Tiene forma de bastón. Propones afinarlo con tu navaja Opinel. Deslizas la hoja con suavidad y salen virutas pequeñas. Tu habilidad me fascina.

—¿Cómo aprendiste a hacer esto?

Sonríes.

—Mirando a los pastores cuando guardaba las ovejas. Nos hacíamos silbatos con saúco y estiletes que mojábamos en tinta para dibujar.

Me entregas mi pedazo de madera contorneado.

—¿Qué harás con él?

—No lo sé, lo pondré en mi habitación con los otros.

—¿Y si lo utilizamos en la cocina?

—¿En la cocina?

—Haremos las chimeneas de los pasteles y la *pâté en croûte* para que salga el vapor.

—¿En serio?

—Claro, ¿por qué iba a decírtelo si no?

Me termino las patatas fritas mientras desmontas nuestras cañas de pescar. El momento de irnos no me gusta nada, me acuerdo del colegio de mañana, de toda la semana que viene. Tú pegado a tus fogones, Nicole en el comedor, no hay espacio para la aventura. A mí me gustaría que nuestra vida fuera como una película de vaqueros. Tú serías explorador en territorio comanche o cazador de recompensas, buscador de oro, trampero... Cabalgaríamos hacia lo desconocido, a la conquista del Oeste. Habría emboscadas en las colinas, duelos en el desierto, tormentas de nieve en el Polo Norte. Mi caballo sería bicolor, pequeño y nervioso; tendría un perro que se llamaría Colmillo blanco y que se parecería a un lobo. Comeríamos judías con tomate alrededor del fuego, donde dormirías completamente vestido, con tu sombrero sobre la cara. Llevarías botas de vaquero como las del motero que viene a veces al bar. Tendrías un rifle Winchester con la culata y el cañón recortados como Josh Randall en *El nombre de la ley*. De hecho, te pareces un poco a Steve McQueen, tienes la misma mirada. Pero te enfadas muy rápido: un plato que sale con retraso, uno que se enfría, y ya te pones a gritar. Sobre todo desde que mamá no está.

Vamos a la quesería como todos los domingos por la tarde. Llamas a esa granja perdida en una meseta de avellanos y abetos «el chalet». En la radio suena un programa de política aburridísimo que no escuchas, solo necesitas que haya ruido de fondo. La carretera sube zigzagueando. Me gusta el atardecer. En un restaurante, la noche no termina a una hora fija, se trabaja hasta las tantas, siempre hay algo que decidir después de medianoche: una terrina, un queso de cabra... Aspiro el olor a lácteos del chalet. Tanto en verano como en invierno se me congelan los pies sobre el suelo de granito. Mientras haces la compra, me inclino sobre la cuba de cobre en la que se hace el queso. También está ese utensilio extraño, mitad rastrillo, mitad escoba, con hilos de acero que sirven para cortar la leche coagulada y para transformarla en trocitos del tamaño de un grano de maíz que después se convertirán en ruedas de queso. Los quesos que más tarde oleré en la bodega. En la penumbra, toco las cortezas húmedas, saladas, apergaminadas. Me señalas un queso rondin moteado cuya superficie se convierte en polvo cuando el quesero la frota. «Mira, acércate», dices. Veo puntitos, «son las arañitas que fabrican la corteza del queso». Un día, el quesero me puso una bolsa que apestaba debajo de la nariz: era cuajo seco de un ternero lactante, esa parte del estómago que hace que la leche se cuaje. Me olvido de mi tristeza, y veo que tú también.

Son las siete, el momento de las crepes. Preparo la masa, sin receta, por supuesto. Te conformas con medir la leche, la harina y con deshacer la mantequilla. Yo me preparo mi material: un cuenco y un batidor más pequeño que el tuyo. Ahora ya sé romper bien los huevos dentro de la harina. Y voy echando poco a poco la mezcla de la leche con mantequilla. Bato con todas mis fuerzas, como si el destino del mundo dependiera de ello. Me paras: «No tan deprisa, estabiliza el movimiento, regúlalo o lo pondrás todo perdido». Así, como si nada, cuando no es hora punta, a mediodía o por la noche, eres mucho más paciente. La cocina hace ruido. El domingo por la noche ya la enciendes, no soportas encontrarla fría el lunes por la mañana. Le doy un golpe a la sartén de las crepes con la superficie de hierro fundido. «Hijo, nunca le damos golpes a la cocina. Es una falta de respeto hacia los utensilios». En casa nunca lanzamos las crepes al aire, eso es para los «amateurs del día de la crepe: la Chandeleur». Aprendo a darles la vuelta con la espátula. Terminan hechos un desastre, medio quemados y rotos. «Pero así es como se aprende. Venga, volvemos a empezar...».

Hemos hecho una montaña de crepes, el lunes también comeremos. Estoy a punto de engullir uno con la mermelada de mora de Maria cuando me dices: «Espera, voy a enseñarte una cosa». Coges un cazo y espolvoreas azúcar en polvo, que se funde, huele a caramelo, lo retiras del fuego y le añades mantequilla y nata. Extiendes la mezcla sobre una crepe en la que hinco el diente. «¿Está rica mi salsa de caramelo?».

Durante unos segundos tengo la sensación de que nada ha cambiado, de que eres feliz como antes. Enciendo la tele, y la imagen tarda un momento en aparecer. Te comunico el título de la película: *El hombre de las pistolas de oro*. Rebaño el plato con el dedo y chupo la salsa. Te sirves una caña. Te sientas a mi lado con un poco de espuma en el labio superior. «Y tú, ¿no quieres probarla?». Niegas con la cabeza mientras bebes un sorbo.

3

El viento tibio que entra por la ventana trae las fragancias del veranillo de San Miguel. El perfume de las hojas de los plataneros doradas por el otoño. Odio este olor a otoño que me recuerda que las clases están a punto de empezar. Odio el color lila de los cólquicos que cubren la orilla del río en el que pescamos los domingos. No soporto tu voz monótona cuando me dices «Que pases un buen día» mientras pelas las cebollas. Odio el pantalón de terciopelo verde que Nicole ha elegido para mí, el olor insulso de la tiza después de salir al encerado. Miro las letras medio borradas de la pizarra. Llevo todo el peso de la clase sobre mi espalda dolorida.

«Y bien, Julien, ¿es usted mudo?». Su voz es como un martillazo en la nuca. Casi tropiezo con la pizarra. Siempre me pasa eso cuando la señora Ducros me habla. Es la pesadilla sorpresa de este curso, la nueva profesora de quinto.

«Bueno, ¿ya, Julien?». Vuelve a mirar el reloj. Preferiría lanzarme al vacío antes que pronunciar un solo sonido. Saco el cuaderno de recetas.

Mis dedos se deslizan sobre la cubierta de piel. La señora Ducros nos ha pedido que escribamos una historia y que la contemos sobre la tarima. El primero de la clase, con su pelo dorado, ha contado sus vacaciones en una autocaravana con sus padres en Italia. Ha hablado de los romanos, de un volcán, del mar en el que se zambulló. Para mí es como si hubiera ido hasta la luna. Soy el siguiente, y después de Italia, hablo de la mousse de chocolate. Habría podido hablar de nuestros domingos, el pollo, la pesca, el queso en el chalet. Pero tenía miedo de que nos robaran lo poco que tenemos. Abro el cuaderno de recetas por la página señalada. Respiro hondo para disimular los rugidos de mi barriga y me lanzo al vacío. Improviso.

Me aferro a una imagen, la de mamá metiendo el dedo en el bol en el que has derretido el chocolate. Yo también quiero. Me dice que no con una sonrisa y me embadurna los labios con el dedo índice. Tú dices: «Deja eso o no quedará suficiente para la mousse». Le das vueltas al bol mientras montas las claras a punto de nieve. Son tan consistentes que la varilla se aguanta de pie. Cuento todo esto imitando tus gestos y también lo hago al describir cómo añades esa crema espesa a la mousse. Es tu secreto, lo que hace que los clientes te pregunten por qué tu mousse es tan cremosa. Sonríes, pero no dices nada, ni siquiera a los más fieles. Cuento que algunos vienen al Relais fleuri solo para probar tus patatas salteadas y tu mousse de chocolate. A la hora del postre, Nicole coloca el bol al final de la mesa y cada uno se sirve lo que quiere. Repito tu frase favorita: «La cocina es generosidad». Con la mousse también sirves tejas de almendra crujientes, tan largas como mi mano, para mojarlas en el café.

Cierro el cuaderno de recetas. Me escucho decir:

—Ya está.

El calor de la estufa de leña hace que el silencio sea todavía más denso.

—¿Y bien? —dice la profesora.

Noto el malestar de mis compañeros.

—Me ha entrado hambre, dice uno.

La señora Ducros lo fusila con la mirada.

—Pero esa no es la cuestión. Esto es una receta, no una historia. Yo he pedido una tarea de francés, no de cocina —insiste.

Soy incapaz de responder. Querría gritarle que la cocina es toda tu historia, que prefiero mil veces lo que me enseñas sin saberlo a todo lo que ella nos cuenta en clase. Me gustaría explicar que cada uno de tus movimientos esconde una epopeya. Decirle que el mango y la hoja de tu cuchillo han cogido la forma de tu arte. Explicarle cómo amasas un poco de harina con un trozo de mantequilla para «rectificar», como dices tú, una salsa demasiado líquida. Cómo con solo rozar la placa del horno sabes la temperatura exacta a la que está; o con oler un chuletón conoces el estado de maduración.

—¿Y la redacción de tu historia?

Las manos me tiemblan sobre el cuaderno cuando la señora Ducros me lo arrebata. Lo abre por la página de la mousse de chocolate.

—Pero si no has redactado nada. Aquí solo hay una receta. Y ni siquiera la has escrito tú.

Cierra el cuaderno y lo tira. Está disfrutando.

—Dame tu agenda.

Escribe con rapidez y suelta:

—Tráela firmada por tu padre.

Reflexiono de camino al Relais fleuri. Acelero, me paro, vuelvo para atrás. Hago alguna señal mágica: toco el suelo para confirmar que el mundo no se está derrumbando. Por un momento pienso que voy a entrar corriendo en la cocina blandiendo el cuaderno y voy a contártelo todo. Te contaré cómo he defendido tu mousse de chocolate y tu trabajo de cocinero. Seguro que me das la razón. Pero esta vez tengo la sensación de que el suelo se hunde cuando lo toco, así que no te diré nada, pero necesito tu firma en la agenda.

Nicole me observa mientras doy vueltas por el bar. «Estás raro, Julien». Nunca intenta tirarme de la lengua, siempre espera a que me siente a la mesa. «Falta confesada está medio perdonada». Pero esta vez no, tengo la lengua pegada al paladar. Subo a mi habitación. Hundo la cabeza en el cojín y deseo morirme. Una tarde que echaba mucho de menos a mamá me encerré en el armario de mi habitación. Quería sumergirme en la oscuridad para siempre. Me quedé dormido y Nicole me encontró. Recuerdo su espanto al preguntarme qué hacía allí escondido: «Me estoy suicidando», respondí.

Es cierto que desde que mamá se fue me hablas como a Lucien. Me siento como tu ayudante cuando me pides que pele las patatas o ralle el comté. Me falta la ternura maternal que Nicole no consigue compensar. Cuando lo intenta es torpe, como si fuera un papel que no es capaz de interpretar. Con vosotros siento que navego en un barco en el que no hay lugar para la infancia.

«Julien, baja a tomarte el chocolate». Nicole ha colocado un tazón sobre la barra, junto con unas tejas de almendra. Mientras las mordisqueo, mi plan va tomando forma: voy a imitar tu firma, la voy a copiar de las facturas que están en la carpeta de la barra. Y estamparé un sello para que sea más creíble.

Nicole sube a acostarse, tú «adelantas» el *bourguignon,* que mañana recalentado todavía sabrá mejor. Te digo que voy a ver la tele y subo el volumen para que no me oigas. Abro el cuaderno, coloco una factura del Relais fleuri sobre la página izquierda, y sobre la derecha pongo un papel en blanco en el que intento imitar tu firma. Me siento capaz de todo, y no creo que esté mintiendo. Te protejo contra el desprecio de una maestra. En ningún momento me da miedo que te enfades. Firmo en la agenda, justo debajo de la rúbrica de la profesora. Me regocijo pensando en engañar a esa arpía. Más todavía cuando estampo el sello de tinta. Esa noche te abrazo con fuerza, puede que demasiada porque me dices: «Con cuidado, mariposa».

A la mañana siguiente estoy muy tranquilo, las manos no me tiemblan cuando le entrego la agenda a la señora Ducros. Observa la página con detenimiento y me pregunta con voz metálica: «¿Por qué ha puesto tu padre el sello del restaurante?». Sus palabras me golpean la cabeza como granizo. Miro hacia la pizarra buscando una línea de fuga. «Para que pareciera más auténtico ¿eh?». Tengo claro que no voy a decir ni una palabra. Me gustaría verter plomo fundido sobre su permanente. Me gustaría que fuera un hombre. Le pegaría un rodillazo en la entrepierna, como en las películas. Un cabezazo en la nariz, que reventaría como un tomate, y un gancho de derecha en el mentón. «¿No dices nada? Tú verás». Coge la agenda y la levanta: «¿Quién quiere llevarle esto al padre de Julien?». Todos bajan la mirada. «Entonces, nombraré a un voluntario...».

Abejorro camina delante de mí. Sujeta la agenda con las dos manos, como si tuviera miedo de que se le cayera. Lo llamamos así porque, más que hablar, emite zumbidos debajo de una enorme cabellera pelirroja. A cada rato se gira para mirarme. No está tranquilo, aunque ya le he dicho que no pienso romperle la cara porque vaya a hablar con mi padre. No tengo intención de detenerlo, y no habrá represalias. Porque, como dice Nicole, Abejorro es un «pequeño desgraciado». Vive en las ciudades de emergencia, barracas que apestan a pobreza y en las que todo el mundo grita. Abejorro huele más a fritanga que a jabón. Los fines de semana lo vemos pasar con un carrito lleno de baratijas que encuentra en la basura. Va mendigando de puerta en puerta, intentando revenderlas como un trapero. Los sábados va al mercado cuando está a punto de cerrar para recoger la fruta estropeada y las verduras mustias.

Abejorro entra en el restaurante. Murmura algo a Nicole mientras yo espero en el umbral. Me dice: «¿Qué has hecho?». Siento más lástima por él que miedo por mí. Imagino que soy un explorador en Argelia, que la patrulla que me sigue depende de mi valentía. «Papá tiene que firmar una cosa». Me sorprende la tranquilidad de mi voz, sería un buen soldado granadero. Abejorro desaparece en la cocina, Nicole le sigue y cierra la puerta. Abejorro sale enseguida, cabizbajo. Cojo un paquete de cacahuetes del expositor que está al lado de la barra y se lo doy. «No». «Si... que yo haga... esto... no es culpa tuya», dice como en un zumbido.

Me quedo solo en el comedor del restaurante. Miro el reloj para cerciorarme de que el tiempo no se ha detenido. De la cocina llegan unos golpes sordos. Empiezo a tener miedo. «Julien, ven aquí». Es tu voz, monótona y tranquila. Estás aplanando los escalopes con el rodillo de amasar para hacer *paupiettes*. Lulu te trae el relleno y le dices:

—¿Te acuerdas de cuando te metí en el calabozo en Argelia?

—Sí.

—La habías liado bastante, ¿eh?

—Pues sí.

—¿Qué aprendiste estando encerrado?

—Nada, solo esperaba a que pasara.

—Mis superiores me obligaron a castigarte, pero no te sirvió de nada estar encerrado, ¿no?

—Tal vez, no lo sé.

Pienso que el rodillo aplastará mi cara angelical. Lo haces girar suavemente con la palma de la mano.

—Lávate las manos y ven a trabajar enseguida.

Extiendes un escalope sobre la tabla de cortar. Colocas un buen trozo de relleno en el centro, doblas los bordes, enrollas el escalope y lo atas con un cordel en forma de cruz. Ahora me toca a mí. Mi primera *paupiette* está abombada y la cuerda queda floja. A la segunda le falta relleno, parece desaliñada como una momia. Con la tercera ya he cogido confianza.

—Es más fácil enrollar a tu padre que una *paupiette* ¿eh?

Silencio.

—Responde.

—Sí, papá.

—¿Qué es esta historia del cuaderno de recetas?

—Es el que te dio mamá.

Es la primera vez que pronuncio la palabra «mamá» delante de ti desde que me dijiste que se había ido. Das un respingo, enciendes un Gitanes y le das una patada a la puerta que lleva al patio trasero. Das golpecitos en el marco de madera. «Tráeme el cuaderno».

Estoy delante de ti, la cubierta de piel sobre mi jersey. «Dame». Abres la puerta del horno. El carbón enrojece, una vaharada de calor me envuelve. Tiras el cuaderno al fuego, pero Lucien lo saca enseguida. Su muñeca enrojecida huele a cerdo chamuscado. Se te acerca mucho y te dice: «¿No la has cagado ya lo suficiente?».

4

Los geranios tiñen de púrpura la terraza del Relais fleuri. Nicole los riega todas las tardes con una jarra amarilla de Ricard. Ha amontonado mi ropa en la cama y hace recuento. «Te cambiarás a menudo, ¿eh?». Grito que sí desde el baño mientras me exploto un grano enorme delante del espejo. Aprovecho para meterme la mano en los calzoncillos y acariciar los tres pelos que me han salido en los testículos. No es que esté orgulloso, pero siento curiosidad por todo lo que me está pasando. Nadie me habla de los cambios que sufre mi cuerpo.

Tras duras negociaciones, este verano me voy de campamento. Los años anteriores, el mes de julio te ayudaba en la cocina y en agosto me iba a casa de Gaby y Maria. No recuerdo que hayas cogido vacaciones nunca. Hay una imagen que me viene a la cabeza de manera recurrente: una foto en la mesita de noche de mamá en la que los tres estamos en una playa. Pero ha desaparecido, igual que el cuaderno de recetas desde que Lulu impidió que lo tiraras al fuego. Le pregunté dónde estaba en varias ocasiones. Me respondía alzando los hombros «Y yo qué sé...».

El Relais fleuri está abierto todo el verano por los turistas que se paran en la estación. Si cierras algunos días es para hacer obras. Me has prometido que en agosto os ayudaré a Lucien, a Gaby y a ti a reformar la cocina.

En una hora y media de tren llegaremos a la vieja granja. El andén de la estación está lleno de mochilas y bicicletas. La mía, más pequeña que el resto, está hasta arriba de bolsas. Amenaza con caerse hacia atrás si no sujeto fuerte el manillar para mantenerla en horizontal. Ya te he dicho que necesitaba una bicicleta más grande, pero no ha servido de nada.

El vagón ronronea en la vía número 1. Es un Picasso *beige* y rojo con la cabina del conductor elevada. Dos ferroviarios nos ayudan a cargar las bicis. Uno de los monitores se presenta, se llama François y tiene una bicicleta Peugeot *demi course* plateada preciosa. Habla de las excursiones que haremos, las noches en las tiendas de campaña, los fuegos de campamento. Nicole y tú asentís, pero yo no estoy escuchando. Me siento fuera de lugar en este grupo. Los otros chicos ya se conocen y hablan de los campamentos de otros años. El jefe de estación nos pide que subamos al tren. Nicole me da un beso. Tú te acercas y después decides que ya soy lo bastante mayor como para que nos demos un apretón de manos. Hueles a anís. No tengo más experiencia en borracheras que las de los «borrachines», como tú los llamas, que se quedan hasta tarde en el Relais fleuri entre el humo de sus Gauloises. Nunca se portan mal, y cuando hacen demasiado ruido, Nicole les pide que bajen el volumen. El vino, el anisete y la cerveza los unen. Desde hace un tiempo tú también te quedas con ellos hasta tarde; no me gusta esta nueva costumbre que has cogido de beber.

Al final consigues arrebatarme un beso en el escalón del tren. Vuelves al andén enseguida. Sabes que yo sé lo del alcohol. El tren se pone en marcha. Todos los asientos están ocupados por grupos de amigos que charlan. Me quedo en la plataforma. Nos paramos varias veces en estaciones rurales diminutas. El aire huele a hierba recién cortada. Me fascina el conductor en su atalaya, con las piernas colgando y pisando los pedales que dirigen el motor. El Picasso brama cuando llega a la primera meseta. Bosques de coníferas reemplazan ahora las praderas y ensombrecen el horizonte. Hace más frío. El tren se detiene en medio de la nada. «En invierno, esto parece Siberia», me dice François cuando bajo la bicicleta. Es de Dijon, ¿tal vez ha visto a mi madre?

Marchamos como un batallón desordenado en medio de un concierto de grillos.

Gritamos, cantamos, nos adelantamos unos a otros. François y el resto de monitores se ponen de pie sobre los pedales de las bicicletas e intentan poner orden en nuestro pelotón, pero no hay nada que hacer. Descubro el placer de estar entre chicos. La vieja granja en la que nos quedamos es una nave de piedra revestida a los lados con chapas onduladas llenas de óxido. Como salida de emergencia han arreglado una escalera de hierro torcida. Las puertas y las ventanas están pintadas de verde. En la primera planta, al ras del suelo, una sala de techos bajos que parece un antiguo establo hace de comedor. En el piso de arriba, una hilera de lavabos colocados debajo de ventanas altas lleva hasta un dormitorio en el que cruje el suelo. Las camas se apretujan entre armarios con puertas que no cierran. Los grupos toman las habitaciones con sus mantas naranjas, del mismo naranja que los camiones de Puentes y carreteras. Me toca una cama al lado de la salida de emergencias, y me alegro de estar un poco alejado. No me apetece participar en la pelea por los armarios para colocar mis cosas, prefiero meter la mochila debajo de la cama. De repente, un *riff* de guitarra suena por los altavoces que están sobre los roperos. Jimi Hendrix, Ange y Maxime Le Forestier están con nosotros.

La vida en el campamento es un caos. El primer día le digo a François que siempre ayudo a mi padre en el restaurante y que puedo cocinar todos los días. Apuesto fuerte cuando le propongo preparar pasta a la boloñesa. «Es el plato que te salva», como dices tú cuando estás agotado. François me mira atónito: «¿Lo dices en serio? ¿Estás seguro de lo que estás diciendo?». Asiento con la cabeza, estoy demasiado ocupado pelando las cebollas como para responderle. Cojo un tronco de madera que me servirá de tabla de cortar. Lamino las cebollas en juliana, machaco unos dientes de ajo y corto las zanahorias en dados pequeños. Lo salteo todo junto. François me trae un montón de filetes congelados. «Es carne picada». Arrugo la nariz. Tú preparas la boloñesa con un buen pedazo de espaldilla de ternera picada. Lo dejo a fuego lento unos minutos, añado tomate concentrado y un bote de tomates pelados. Encuentro cubitos de caldo de ternera en una alacena, disuelvo uno en agua caliente y lo añado a mi boloñesa. Salpimiento y tiendo la cuchara de madera a unos chicos que me observan boquiabiertos. «¡Probad!». Cierran los ojos: «¡Está buenísimo!». Lo pruebo y digo en un tono solemne que hace sonreír a François: «Le falta algo». Busco sin éxito hierbas provenzales y hojas de laurel. Está claro que no es un campamento de gourmets. Recuerdo que he visto serpol, ese tomillo silvestre que recoges para ponerle al cordero, en las márgenes del camino. Mala suerte si crece demasiado cerca del asfalto, lo paso por agua debajo del grifo y lo pico dentro de la salsa. La vuelvo a probar. «Mucho mejor», y repito tus palabras: «Ahora dejaremos que el fuego haga su trabajo».

A mediodía ya me conocen todos. No solo he conseguido que mis compañeros coman zanahoria rallada gracias a una vinagreta endiablada por las chalotas, sino que todos quieren repetir boloñesa. Estoy encantado de ver los platos limpios, sin un solo espagueti. Desde ese momento me llaman «chef», y François no entiende por qué me conformo con un trozo de pan con camembert. Le respondo orgulloso que «los cocineros están demasiado ocupados como para sentarse a la mesa». Un día me bloqueo con una receta del menú: pollo a la cazadora. Pido permiso para llamarte. Te escandalizas al saber que no hay ningún profesional a cargo de la cocina y quieres hablar con el director. François te cuenta que cada día deleito a todo el campamento con mi comida. Oigo cómo te enfadas a través del auricular. Unos minutos más tarde me llamas: «Apunta todo lo que te diga». Siento que el cuaderno de recetas resucita entre mis dedos. Cojo el vino blanco de los monitores para preparar la salsa.

Mi mayor éxito llega un día de excursión. Acampamos

en una magnífica explanada por la que baja un torrente. Maldigo las rocas que sobresalen y no nos dejan clavar las estacas de las tiendas que montamos en el prado. Pero lo peor todavía no ha llegado. El director del campamento nos cuenta que el fin del mundo se acerca y que tenemos que aprender a sobrevivir con lo que tenemos a nuestro alcance. Hay que fabricar muebles con cuerda de yute, un hacha, un cuchillo y ramas de avellano. Los veteranos ya tienen experiencia y hacen obras de arte: mesas, bancos y hasta un escurridor para los utensilios de cocina.

Una mañana nos despiertan los cacareos de un montón de gallinas que corren entre las tiendas. El director nos explica que tenemos una misión sencilla pero decisiva para nosotros, los supervivientes: presentar el mejor pollo asado en la comida de mediodía. Pero antes hay que matar al bicho, desplumarlo, destriparlo... Hasta los más atrevidos parecen dudar. Lo de perseguir a los pollos está bien, da lugar a una especie de corrida campestre combinada con un partido de rugby divertidísima. ¿Pero lo de después? Un sádico coge el hacha y decapita al animal ensañándose con él. Me acuerdo de cómo sacrificábamos las gallinas con Gaby detrás de la isba. Sé que hay que atarles las patas con una cuerda y colgarlas cabeza abajo para poder desangrarlas a la altura del cuello. Nuestro pollo forcejea bajo un fresno mientras el cuchillo más afilado que tenemos pasa de mano en mano sin encontrar dueño. Todos me miran, soy el cocinero, así que seré yo quien lo mate. Le acaricio las plumas como lo hace Gaby y le corto la vena de un tajo. La sangre deja una enorme mancha granate sobre la hierba, justo debajo de las sacudidas del animal. «Son los nervios», dice un chico. Me he olvidado de hacer fuego para poder hervir el agua. Todos se afanan en recoger astillas y ramitas. El fuego prende muy deprisa. No doy explicaciones a mis compañeros. «¿Podemos ayudarte?», preguntan una y otra vez. Les pido que vayan a recoger serpol. Sumerjo el pollo dentro del agua hirviendo el tiempo necesario para poder arrancar las plumas con facilidad. Lo vacío, guardo los menudillos y le embucho el tomillo. Mis compañeros han tallado dos horquillas para colocar el asador de avellano y nos vamos turnando para asar el pollo. Se lo presentamos a los monitores sobre un lecho de hojas de genciana.

Me habría gustado que estuvieras allí la última noche, cuando hicimos una montaña de crepes. Se me durmió el brazo. Mis compañeros me regalaron una tabla de cortar con mi nombre pirograbado.

La tarde de mi regreso brindo contigo, Lucien y Nicole en la terraza. Me pedís que os cuente las excursiones, los desfiladeros que cruzamos, los lugares que visitamos. Pero a mí solo me apetece hablar de cocina. No te parece bien y miras hacia otro lado. Nicole pone un plato de tomates con rodajas de cebolla blanca en la mesa. «Esta noche, con el calor que hace, comeremos algo frío». Descorchas una botella de ese vino rosado gris que bebes en verano. Interrumpes de golpe el relato de mis hazañas. Pones la mano sobre el brazo de Lulu:

—Mañana vienen los chicos a llevarse la cocina y a instalar la nueva.

Lulu no rechista. Corta un trozo de salchicha y se la come con el pan y el cuchillo, igual que Gaby.

—Con el carbón ya no podía ser, ya no calentaba, estaba estropeada —argumenta mi padre.

—¡Pero si funcionaba bien! —protesta Lucien.

Le das unos golpecitos en la espalda y hablas como un comercial.

—Ya verás como el gas es más práctico y fácil. Se acabó lo de subir cubos de carbón del sótano.

Nicole asiente:

—El gas es mucho más limpio y, además, ya se os ha pasado la edad de cargar sacos de cisco.

Lucien no escucha, se lía un cigarro sobre el muslo con una mano. La llama del mechero resalta su delgadez en la penumbra. No vuelvo a hablar de mi boloñesa ni de mi pollo. Me había hecho la idea de que estarías orgulloso de mí, pero no es así para nada. Sientes como si me hubiera pasado todas las vacaciones cocinando a tus espaldas. Es peor que si me hubiera portado mal.

5

Lucien y mi padre siempre recordaron una palabra de su tiempo en Argelia: *mektoub*, el destino. Meten el *mektoub* en todos lados: en los resultados del fútbol, el cáncer de pecho de la vecina, el triunfo de Valéry Giscard d'Estaign en las elecciones presidenciales. Pero a Lucien no le gusta el *mektoub* de la cocina de carbón que van a remplazar. Se lo vuelve a decir a mi padre antes de montarse en su Azul. A Lucien se le ha ido la mano con la genciana, que deja quemazón en la garganta mucho después de que haya pasado la resaca. Se lía otro cigarro para fumárselo por el camino. Va como una cuba. Antes de subirse a su mobylette acaricia por última vez la cocina que se van a llevar. Si este pedazo de hierro pudiera hablar, contaría historias interminables sobre volovanes, filetes de ternera con chalotas, ancas de rana. Hablaría de las manos de estos dos hombres salpicadas de quemaduras; del fuego que rugía en sus entrañas de madrugada debajo del caldero con agua fría. Podría describir la espuma del caldo, el aroma embriagador del mont-d'or asado al vino blanco, la piel del pollo que se hincha y se dora en el horno. Lucien sabe todo esto. Se siente huérfano sin su cocina.

Los chicos terminan de desmontar los fogones hacia el mediodía: «Ya no se hacen cocinas de hierro como esta». Cuando instalaron esta cocina de carbón, ellos todavía no habían nacido. Gaby y mi padre limpian las paredes para volverlas a pintar. Lucien no ha venido. «Le ha fallado el carburador», bromea su hermano. Todos sabemos que Lucien no quiere ver cómo se llevan su cocina.

Empiezo a preparar la barbacoa en el patio trasero. Sudo mientras sierro los sarmientos, me explicas que son lo mejor para las brasas. «Imagino que el resto ya lo sabes hacer, ahora que eres el cocinero del verano», dices mientras vuelves a lo tuyo. Sonríes. Ya se te ha pasado el enfado de la noche anterior. Yo estoy feliz, tengo filetes de lomo de cerdo anchos como palas. Sacudo con fuerza el escurridor de la lechuga para lanzar las gotitas de agua hacia la pared. Lamino cebolleta. La mesa está preparada. Hasta ahora todo va bien. Tú, Gaby y los obreros venís a tomar el aperitivo. Te has sentado al final de la mesa para observar cómo cocino mientras comes cacahuetes con tu anís Pontarlier, pero no me dices nada. Coloco los filetes de lomo sobre la barbacoa. Muevo las patatas que se están pegando. Oigo el chisporroteo de la grasa de la carne cuando cae sobre las brasas, pero al girarme veo que está en llamas. Aparto los filetes y vuelvo a mover las patatas; algunas se han chamuscado por una parte y están crudas por la otra. Busco tu mirada, pero te pones a hablar con el de al lado. Mezclo la lechuga con la vinagreta y la coloco en la mesa, intentando ganar unos minutos mientras se la comen. Pero tú preguntas a los obreros con aparente inocencia si quieren la ensalada antes o con la carne. Tienen tanta hambre que piden el plato completo. Para mí es un infierno y lo sabes, pero no haces nada para evitarlo. El lomo de cerdo está quemado por fuera y crudo por dentro, las patatas están crudas o pegajosas. Los chicos dicen que está bueno porque son educados. Tú vas picoteando del plato con la punta del cuchillo con una mueca irónica. «Anda, tráenos una buena bandeja de quesos para terminarnos la ensalada». Voy hasta la despensa y me sigues. Estoy avergonzado. Me pones las manos sobre los hombros y dices: «La cocina no es fácil; un día puedes hacerlo muy bien y al día siguiente fatal porque te has levantado con el pie izquierdo. Sé que lo has hecho lo mejor que has podido. Aprendemos de los errores. Lo importante es ser constante».

El obrero suelda los tubos por los que pasará el gas de la cocina nueva. Al final, Lucien ha aparecido y contempla la escena con aire triste. El obrero me ha dejado unas gafas protectoras para que pueda verlo trabajar. Enciende el soplete y coloca la llama encima del tubo. Es un brillito azul que danza sobre el cobre mientras acerca una varilla de metal para sellarlo. Él lo llama «soldadura». Hay palabras como esta que me regalan los oídos: «espolvorear» la carne con harina; «cardenalizar» los crustáceos rehogándolos a fuego vivo para que adquieran un color rojo anaranjado; «bazuquear» una salsa removiéndola con una espátula para que no se forme una película en la superficie. Me encanta cuando te metes con los robots de cocina y los llamas «aventadores», o cuando buscas algo y dices que quieres «la llave de las puertas del campo». Cuando estamos todos en la cocina a menudo nos dices: «¿Se pega o no se pega?». En tu diccionario pegarse significa un montón de cosas: pegarse al fondo de la olla, pasarse de cocción en la sartén, hervir demasiado rápido, hacer grumos en la masa de las crepes... Para mí, pegarse es el mejor de los legados.

Los cuatro (tú, Lucien, Gaby y yo) contemplamos la cocina nueva. Dices con solemnidad:

—Hay que probarla ya.

Gaby se parte de risa:

—Es como una mujer o una escopeta. Tiene que perder la virginidad.

El fabricante ha colocado una placa sobre el esmalte gris, con el nombre de Le Relais fleuri grabado. Llenas la cacerola y la colocas encima del fuego de gas. Dices convencido:

—Está claro que calienta más deprisa.

Enciendes el horno, rascas el hierro impoluto. Lucien se mantiene alejado con los brazos cruzados. Le pides que prepare masa quebrada. Yo deshueso las ciruelas damascenas. Me regañas porque voy demasiado lento.

—¿Estás seguro de que no te olvidas nada? —me dice Lucien.

Observo la fruta perfectamente dispuesta con la parte deshuesada hacia arriba.

—¿El qué?

—La sémola al fondo del molde para que absorba el zumo de la fruta. Si no, la tarta se empapará como una bayeta.

Desmonto la tarta, espolvoreo la masa con sémola y vuelvo a colocar las ciruelas añadiendo una capa de azúcar moreno.

Destrozas la *Chanson pour l'Auvergnat* de Brassens. Estás tan contento que Lucien está molesto. Me pides que baje a buscar patatas a la despensa. Arriba, las cosas se van calentando y espero a que pase la tormenta. Sois como esas parejas mayores que discuten por el mando de la tele pero que se preocupan si el otro lleva demasiado tiempo en el baño. Abres el horno:

—Pásame el azúcar, voy a caramelizar un poco más las ciruelas.

Sacas la tarta del horno. Las ciruelas se han oscurecido demasiado.

—Parece que tienen una insolación —se arriesga Lulu.

—¡Estás satisfecho, es culpa del gas!

Me siento como un hombre, no tanto por el descubrimiento de los labios mayores y menores en las páginas arrugadas de *Lesbienne Orgy*, una fotonovela porno que circulaba por el dormitorio del campamento, sino porque me comporto como vosotros. Nos das un pedazo de tarta de ciruelas y lo que queda de la botella de Rasteau. Tengo el mango de la sartén en una mano y mi vaso en la otra. El vino especia mis papilas después de la acidez de las ciruelas. Estoy un poco acalorado, pero me siento fuerte, reconfortado por ser considerado uno más. Y de pronto, una nube gris atraviesa mi pecho: querría que mamá estuviera aquí, que nos llamara «mis hombres», que la llamaras «mi burguesa» y le sirvieras una copa de champán. Sigo tus movimientos para volver a centrarme. Te giras hacia Lucien:

—¿Nos preparas una tortilla con los champiñones que has traído?

Me coges la mano.

—Ven.

Me llevas al patio trasero y nos sentamos a la mesa con los vasos. Tiras una bocanada de humo hacia el crepúsculo y dices:

—Hay que dejar a Lulu, necesita reconciliarse con esta cocina.

Tomas un trago en silencio.

Lucien aparece con su tortilla.

—¿Y la mesa, carajo? ¿También la tengo que poner yo? —bromea.

Lo retienes.

—Julien, trae una baguette y un cuchillo, vamos a comer como en el pueblo. Cortamos rebanadas de pan y cogemos trozos de tortilla con los dedos. ¿Te acuerdas, Lulu?

Lucien asiente y rellena los vasos de vino. Veo que estás aliviado, todo irá bien con Lulu y el gas.

6

Una joven se presenta en el bar para vender la enciclopedia *Tout l'Univers*. Nicole la escucha educadamente mientras hojea uno de los tomos con cubierta roja. Primero las observas desde el pasaplatos, pero después sales de la cocina y le pides a la joven que se siente y te explique. Vas pasando las páginas mientras asientes. Descubres que los espartanos se alimentaban de sangre de cerdo y vinagre. Haces una mueca. Yo estoy inmerso en *Tout l'Univers*, pero de vez en cuando levanto la cabeza para miraos. Te coge un cigarro. Lleva el pelo color paja muy corto. Le preguntas si es muy difícil vender los libros de puerta en puerta. Te dice que la gente es maja, pero que compran poco. Me miras: «¿Qué te parece *Tout l'Univers*?», te respondo sin dejar de leer: «Está bien». Dices: «Vale». La chica parece aliviada: «¿En serio? ¿Me la van a comprar?». Tiene ganas de hablar. Cuenta que está intentando seguir con sus estudios, las enciclopedias le sirven para vivir y criar a su hija. Es madre soltera, el padre es un soldado de paso que le prometió la luna y desapareció al terminar el servicio. Enseña una foto de la niña y sonríes. Se hace tarde, tiene que ir a casa de su madre a recoger al bebé. Corres la persiana como un paréntesis.

Nunca te había visto con una mujer que no fuera mamá. Es como si la luz de la seducción se hubiera apagado cuando se marchó. Nicole te dijo una vez: «Habrá que encontrarte a alguien, también por el pequeño». Tu rugiste un «no» definitivo. Creo que lo prefiero así.

Por la noche te enteras de que Lucien ha derrapado con una placa de hielo de vuelta a casa. Tiene la pierna derecha muy mal y no se podrá mover durante al menos una semana. Preguntas a tus conocidos si saben de alguien para sustituirlo, y yo le rezo al santo patrón de los cocineros para que no encuentres a nadie. Me encantaría remplazar a Lulu. No encuentras a nadie. Al día siguiente es domingo. No hay tiempo para pollos a la orilla del río, tenemos que adelantar los platos de la semana que viene.

Inspeccionas la despensa y garabateas los menús sobre la encimera. Empezamos con una ternera con zanahorias que se cocinará durante todo el día en un fogón de la esquina. Con tus guisos a fuego lento he aprendido a respetar el tiempo y a colaborar con él. Cuando te pregunto si es necesario hacer un caldo, un fondo o un caldo concentrado de carne para la ternera con zanahoria, te enfadas: «Ternera y zanahorias, como su propio nombre indica».

La olla de hierro negro forjado es el buque insignia de la cocción lenta. Me pides que rehogue los dados de carne con la cebolla o la chalota muy poco tiempo, que añada las zanahorias cortadas a rodajas, el laurel y el tomillo, y que lo tape y lo deje cocer a fuego lento.

—¿Y ya está? —pregunto sorprendido.

—Cuando una mujer es hermosa no hace falta que se maquille como una puerta —respondes.

97

Te recuerdo que Nicole va muy maquillada. Te ríes y dices:

—Porque cree que cuanto más se maquille, más tiempo retendrá a su novio.

En la bodega hay un tesoro que guardas celosamente. Eres el único que puede abrir el saladero, una jarra de gres imponente en la que conservas las salazones de tus lentejas con tocino saladillo. Acabas de subir con la paletilla y el codillo que desalas bajo un chorrito de agua. Naciste en un mundo en el que la autarquía era la única manera de no morir de hambre. Me has transmitido el gusto por las conservas, he limpiado muchos botes de pepinillos antes de ponerlos en sal y en vinagre. Le he quitado las pepitas a carros enteros de tomates para poder conservarlos y hacer salsa. He pinchado cestos y cestos de cerezas con un alfiler para enlatar esta fruta que, dentro del aguardiente, es una auténtica golosina. Me has enseñado a congelar las estaciones ensartando níscalos y trompetas de la muerte en una cuerda para colgarlos y secarlos.

Pico una cebolla con dos dientes de clavo y los meto, junto con un ramillete de hierbas aromáticas, en una olla con agua fría en la que la paletilla y el codillo cocerán durante una hora y media. Entretanto, preparo las lentejas.

—Has puesto sal en el agua.

—Claro.

Suspiras:

—¿No te acuerdas de que hay que salar las legumbres al final de la cocción? Si no, se ponen duras.

Me dices que rehogue cebolla y zanahoria. «Añades el tocino, las lentejas y viertes un poco de su propio jugo.

Pero no demasiado o será todo agua. Dale, un poco más... Para, así está bien». Contigo he aprendido la eficiencia del movimiento. Rallo los limones sin presionar demasiado para poder recoger la piel y los exprimo para sacar el zumo. Me hablas de tus días de permiso en Argelia con Lucien, cuando degustabais el *créponné*, un sorbete de limón típico de allí. Me cuentas también que disfrutabais de la tortilla de malva, esa planta que florece en los taludes o en el campo.

Sacas la tarta de limón del horno y en su lugar metes una de manzana. Levantas la tapa de la ternera con zanahorias y clavas el cuchillo en un trozo de espaldilla. «Ya está hecho. Mañana lo recalentaré».

Durante la semana me levanto a las seis todos los días para ayudarte a pelar las patatas antes de ir a la escuela. Por la tarde hago los deberes lo más rápido que puedo para dedicarme a los macarrones gratinados y a las manzanas al horno. Cuando Lucien vuelve al lunes siguiente me dice: «Veo que has trabajado muchísimo». Tú no me dices nada. No sabes cómo hacer cumplidos, necesitas que otros los hagan en tu lugar. Pero todo esto me tranquiliza; ya lo he decidido, haré una FP de cocina. La orientadora duda un poco cuando se lo digo. Me dice que soy un buen alumno y que por lo menos debería hacer el bachillerato, que, según ella, abre todas las puertas, incluidas las de hostelería y restauración. En ese momento se creía que los oficios relacionados con la cocina no tenían salida. Pero yo insisto, hay una buena escuela a treinta kilómetros. Podría ir y volver cada día en tren. «Lo hablaremos con su padre el día de la reunión de padres».

Desde que volví del campamento de verano tenemos un pacto: puedo cocinar siempre que haya terminado los deberes y que saque buenas notas. A veces, cuando un servicio se eterniza, me quedo leyendo contigo en la cocina. Los domingos también me llevo un libro al río. Esto te tranquiliza y te convence de que soy un buen estudiante. La verdad es que desde que me regalaste *Tout l'Univers* devoro todo lo que cae en mis manos. Muchas veces, cuando leo sentado en la encimera, me preguntas: «¿De qué va?». «De la guerra civil española», respondo. Leo *La esperanza*, de Malraux; nuestra profesora de francés pone el listón muy alto. Desde siempre me apasionan los relatos bélicos. Ya más mayor me olvidaba de dormir leyendo *Vida y destino*, de Vassili Grossman, y *Les Croix de bois*, de Roland Dorgelès. Las matemáticas no me gustan tanto. Me limito a reproducir fórmulas y figuras geométricas que apenas entiendo.

Un día, un representante vino y te puso por las nubes las patatas fritas precocinadas que te harían ganar un montón de tiempo. Lo miraste como si fuera un extraterrestre: «Para mí, las patatas fritas son patatas, un cuchillo, aceite, una freidora y sal. Punto». El comercial, aunque decepcionado, reconoció: «Quedan muy pocos como usted». Te partías de risa, y lo mirabas como si fuera un vendedor ambulante.

Esta tarde el restaurante está cerrado porque tenemos la reunión de padres en el colegio. Te afeitas en la cocina, nunca vas al baño de arriba. Hiciste una ducha al lado del baño de los clientes, pero muchas veces te lavas la cara en el lavabo. Me has prometido que me enseñarás a afeitarme. Por ahora lo que más abunda en mi cara son los granos de acné en la barbilla y entre las cejas. Remueves la brocha en el cuenco para hacer espuma; parece que bates huevos al punto de nieve. Me encanta examinar la navaja de afeitar, la cuidas como si fuera uno de tus cuchillos. Te afeitas con movimientos suaves y precisos, intercalados con golpecitos en el lavabo para aclarar la navaja. Me fascina tu tranquilidad, tu destreza mientras la radio grita las noticias. Cuando estás así, con el pecho desnudo delante de un trozo de espejo colgado en una estantería, tengo la sensación de que no nos puede pasar nada malo. Eres mi padre, el luchador, el pachá del Relais fleuri, mi padre que sabe hacer de todo con las manos. Me pides que me acerque. «Date la vuelta». Me pones jabón en el cuello y noto cómo la navaja se desliza con precisión. Me gusta el tacto de la espuma y el metal. «Ya está, tenías tres pelos y pelusa que había que quitar». Habría querido que me dejaras la brocha y la navaja para afeitarme toda la cara. Pero como siempre dices: «Ya habrá tiempo». Lucien me deja conducir su mobylette para ir a buscar el pan.

Llevas una camisa blanca que Nicole ha planchado. Subimos a pie, y paras para encenderte un cigarro.

—¿Y bien? ¿Vas a hacer el bachillerato?

Hace tiempo que espero esa pregunta, que le doy vueltas como a una patata caliente sin saber muy bien qué hacer. La respuesta más corta será la mejor.

—Quiero ser cocinero.

Dejas la llama del Zippo encendida durante unos segundos que parecen interminables; estás tenso. Cuando me miras, tienes la cara de una fiera triste:

—No hagas eso, hijo.

Le das una calada intensa a tu Gitanes.

—¿Por qué? ¿No lo hago bien?

—No es eso.

—¿Entonces qué es?

—A mí no me quedó más remedio que trabajar con las manos, pero tú tienes la opción de aprender.

—Pero contigo aprendo.

Suspiras:

—Sí, pero no de los libros.

Nuestros pasos reverberan en el suelo. Tengo frío. Meto las manos en los bolsillos del pantalón. Tú me coges por los hombros.

—Mira, cuando empecé en la panadería era tan pequeño que casi me caía dentro de la amasadora. Me partía la espalda con los sacos de harina y me quemaba con las cenizas calientes. Tú ve a la escuela todo el tiempo que puedas para no terminar en la cadena de montaje de la fábrica o cargando sacos de cemento en las obras. Aprende un buen trabajo.

—Pero ser cocinero es un buen trabajo.

—No, hijo, te lo parece porque estás conmigo y con Lulu. Pero ve a echar un vistazo fuera. Gritan, pegan bofetones, se emborrachan en el bar mientras el aprendiz suda sangre. La cocina no es vida, estás de siete de la mañana a doce de la noche. Aunque vaya bien, siempre tienes miedo de que el comedor esté vacío, de que el servicio se vaya al carajo, de que los riñones o el guiso no salgan como siempre.

—Me encanta la cocina.

—Pero no la conviertas en tu vida, porque te engullirá. Aprende un buen oficio.

—¿Qué es un buen oficio?

Empieza a enumerar con los dedos mientras camina.

—Contable, diseñador industrial, ingeniero, médico, ferroviario, profesor. Funcionario, sí, eso está bien, tienes un trabajo garantizado para toda la vida y no te llevas los palos que te llevas en el sector privado.

—Gaby dice que hay que ser libre para hacer lo que uno quiera. Y que los funcionarios son colaboracionistas.

—A Gaby le importa todo un carajo porque estuvo en la guerra y cuando se despertaba por la mañana no sabía si llegaría vivo a mediodía.

—Pero tú también has estado en la guerra.

—No era la mía. No luchaba para liberar a mi país. Cambiemos de tema.

Llegamos a la puerta del colegio al mismo tiempo que mi tutora. Mi padre le estrecha la mano con torpeza y dice: «Soy el padre de Julien». Como si no fuera evidente.

7

Trazo por enésima vez una línea con tinta china sobre el papel de calco. Hay que dibujar el cárter de un motor eléctrico. He hecho el boceto con un portaminas y he borrado mucho; la perspectiva no es lo mío. La pluma gotea sobre las líneas. A fuerza de rascar las manchas con la hoja de una cuchilla termino haciendo un agujero en el papel. Me enfado y rompo el dibujo. Me angustia tanto volver a empezar que no le veo ningún interés al diseño industrial ni a la fabricación mecánica que ocupan días enteros en el instituto. Un compañero me ha dibujado a Droopy en la parte de atrás de la bata azul, un personaje que resume perfectamente mi actitud en este primer año de bachillerato técnico. Elegí esta nave de hormigón horrible en medio de un barrio marginal por razones equivocadas. Creía que así mi padre no me impondría otros estudios y podría dedicarme a la cocina. Pero venir a este instituto cada día es una pesadilla. Cuando dejo la bicicleta delante del gimnasio y veo las cristaleras del taller me asalta una única idea: resistir.

De esta época recuerdo un olor que puedo evocar en un abrir y cerrar de ojos: el del metal caliente con el que trabajábamos. Estoy en el vestuario, abro la taquilla de metal y me cambio la chaqueta por la bata; cojo las llaves planas fijas, el calibre, un trapo y la lima. Aunque hay que ser discretos con la lima, somos las criaturas del taylorismo: los profesores nos hablan de un futuro prometedor como técnico superior, es decir ingeniero de Peugeot en Sochaux. No hay que limar el metal para conseguir una pieza única, sino todo lo contrario: tenemos que ocuparnos de las máquinas que producen en serie. El control del trabajador experto se sustituye por un dispositivo visual binario: una luz verde significa que la pieza que fabricamos tiene las medidas correctas; una luz roja, que no se ajusta a lo establecido. «Hasta un tarugo que no sabe ni leer ni escribir distingue los colores», grita un profesor. El tarugo no puede tocar la lima. Nosotros tampoco. Si nos pillan utilizándola, el castigo es inmediato: cortar un trozo de vía de ferrocarril con un arco de sierra para metales, lo que equivale a achicar agua del mar con una cuchara. Lleva horas y horas.

Soy un habitual del arco de sierra, ya que desde el primer momento me niego a convertirme en uno de esos batas blancas que maltratarán a los obreros de la cadena de montaje. Aplico toda mi incompetencia y mi torpeza, lo que no me resulta complicado, ya que con solo caminar sobre las baldosas grises del taller me tiemblan las piernas. Lo que más detesto es el torno, una máquina que me hace dar vueltas y vueltas como al metal que fabrica. Cuando inmovilizo la pieza en el mandril, soy como el boyero que conduce a los animales al matadero. Ni siquiera consigo abstraerme y dejar volar mi imaginación cuando observo cómo se retuercen las virutas debajo del aceite que enfría el metal. Me siento vacío y gilipollas. Me indigna tener que estar aquí en lugar de delante de unos fogones en la escuela de hostelería. Puedo pasarme horas mirando una olla de *bourguignon* e imaginando posibles variaciones de la receta de mi padre, mientras que mandrilar un cilindro de acero me sume en un letargo absoluto.

En cualquier caso, yo no fabrico nada; yo masacro. Desde el primer día me gano la reputación de ser el zopenco del taller. Ya se ha convertido en un juego entre mi profesor de torno, un antiguo metalúrgico que ascendió en el escalafón con la clases nocturnas, y yo. A diferencia de otros profesores que solo hablan de ingeniería mecánica y me recomiendan que mejor vaya a cortar el césped de delante de la escuela, él entiende que soy un error de cálculo entre una fresadora y una limadora. Cuando me ve abrumado viene a ajustar la máquina, no vaya a ser que me cargue otra herramienta. Pase lo que pase, me pondrá un cinco para no desmoralizarme. A veces lo veo leyendo en el despacho. Me habla de Bernard Clavel, un escritor «de la zona», como dice él, que le gusta mucho. Me presta *La casa ajena*, una novela ambientada en nuestra ciudad que presenta a un aprendiz de pastelero. Le leo algunos trozos a mi padre en voz alta y me dice: «Es cierto, en el obrador pasaba esto». Mi profesor de torno y yo tenemos un juego: al final del día me pasa una escoba con un fingido aire altivo y me grita: «Venga, manos a la obra, barrendero oficial de las virutas». Disfruto haciendo montoncitos de polvo mientras se acerca la hora de «romper» el grupo. Mis compañeros se parten de la risa al verme barrer dando unas zancadas enormes.

Somos una clase de jóvenes peludos y barbudos que fumamos tabaco de liar del fuerte mientras escuchamos Van Halen y Ange a todo trapo. Hacemos limaduras en moto entre pastís y cervezas. Metemos destornilladores en el puré de la cantina para provocar una huelga. Recogemos bolas de acero como munición de manifestaciones imaginarias. Somos una manada sorprendentemente bien avenida entre los ases de la fresadora, los reyes de las integrales y otra gente de una pandilla incierta. En las asignaturas técnicas toco fondo, me defiendo con las de ciencia y destaco en francés, filosofía e historia. Nos mantenemos unidos gracias a un sistema de trueque que funciona a la perfección: yo hago las redacciones y los comentarios de texto a cambio de dibujos impecables de bombas de agua y trenes de engranajes.

Tú, desde la cocina, me ves regresar de la escuela como un futuro ingeniero, y yo no te digo lo contrario. En cuanto salgo del taller estoy feliz de quitarme ese maldito olor a metal. Me froto fuerte los dedos con ese jabón granulado que deja las falanges enrojecidas tras eliminar la grasa. Me gusta hacerlo, porque me siento un trabajador como tú. No tornero o fresador. No, solo un trabajador que se lava las manos como haces tú con el trapo que llevas enganchado en el delantal. Quiero ser un proletario de la comida, un cuello azul de los fogones. Se lo conté a Gaby mientras podábamos un haya y me dijo: «No seré yo el que te disuada, pero sobre todo no se lo cuentes a tu padre o montará un escándalo».

Así que mírame si te da la gana como un futuro jefe de taller mientras montas las claras al punto de nieve.

Estoy convencido de que este malentendido terminará cuando haya conseguido el maldito título. Entretanto, me agarro a mi tablero de dibujo. Todas las tardes empiezo por lo peor, la intersección entre un cilindro y un cono, y termino por las mieles de *La educación sentimental*. Para las clases de francés hemos heredado a una mujer pequeñita que ha conseguido que una horda de metaleros disfrute de Flaubert y de Verlaine. Los mismos bestias que se suben en su Honda 125 XLS para bajar las escaleras de la rue des Vieilles-Boucheries, sueñan que son aventureros con Cendrars y Rimbaud. Aprenden a ensamblar las palabras con la misma precisión con la que hacen un ajuste en el taller.

El sábado a mediodía por fin puedo cambiar la bata azul del taller por el delantal de pinche de cocina. Mis manos, tan torpes sobre el tablero de dibujo y la maquinaria, por fin encuentran su lugar. Preparas la entraña a la brasa con Lulu y yo os ayudo con las patatas fritas. Pero, sobre todo, lo que hago es preparar el paté de campaña para la semana siguiente. Todos los sábados vuelvo a elaborar el surtido con la papada de cerdo, la panceta, higadillos, huevos y cebollas. Te pone nervioso que pese la carne. «Pero por el amor de Dios, un estudiante de bachillerato técnico como tú puede hacerlo a ojo».

La picadora es la única máquina que me gusta. Cada sábado, después de limpiarla, la unto con un poco de aceite de cacahuete y la envuelvo en un trapo que huele a grasa, cebolla y especias. Un olor que me encanta. La enrosco a la encimera y me aseguro de que la manivela esté bien colocada. Me prometo que un día la dibujaré con tinta china para reproducir la magia de la fundición con sus partes macizas y sus huecos, sus curvas y sus rectas. Habría preferido aprender a moldear el hierro fundido en la arena más que a fabricarlo con esas máquinas del demonio.

Me miras de reojo mientras corto la carne a tiras. «Hazlas más gruesas o te pasarás toda la tarde cortando». Las meto en la picadora con las cebollas. Lo mezclo con los huevos, la sal, la pimienta y las cuatro especias. Me gusta amasar los alimentos crudos, con las manos llenas de carne y de yema de huevo. La textura aterciopelada del relleno y el picor de la cebolla si tengo algún corte. Lo pruebo una y otra vez y añado una pizca de sal y unas vueltas del molinillo de pimienta. Te interrogo con la mirada y tus ojos me dicen: «Es tu paté, tú sabrás lo que haces». Cubro una terrina grande y oscura con el redaño, un encaje blanco que recubre el paté. Cuando la meto en el horno, compruebas que hay suficiente agua en el fondo de la fuente en la que se cocinará al baño maría.

Hoy me lanzo a hacer buñuelos para mi primera fiesta del sábado noche. Me has dado permiso para quedarme hasta las doce. Quitas todo lo que estorba de la encimera y espolvoreas harina. La masa parece una tela de color crudo cuando la extiendes. Paras y gritas: «¿Dónde está el cortapastas?». Lucien rebusca y saca un montón de tenedores y de cucharas. El cortapastas no aparece. Hasta que me pides que le dé la vuelta a un bote de gres en el que hay un batiburrillo de batidores, cucharones y cucharas de todas las formas y tamaños. En medio del desorden aparece un cortapastas dentado sujeto a un mango de madera. Dibujas cuadrados, triángulos y círculos en la masa. Lanzas un trozo en el aceite. La masa se dora y vas encadenando tandas de buñuelos mientras yo dibujo otras formas.

Camino por el casco antiguo con una cesta de buñuelos envueltos en un paño bajo el brazo. Es una noche fría y seca, el aire huele a la madera de las chimeneas. La música va en aumento a medida que subo la callejuela dominada por la imponente cabeza de caballo de la carnicería de equino. Siempre te has negado a cocinar caballo. Dices que cuando los llevan al matadero su mirada parece la de un humano. Reconozco la voz de Nina Hagen en *African Reggae* saliendo por un respiradero. Un tramo de escaleras, una puerta pesada, una luz estroboscópica que me ciega troceando los movimientos de la gente que baila. Se agrupan como enjambres por un laberinto de cuevas abovedadas. El aire huele a humedad, tabaco y pachuli. Me quedo petrificado en el último escalón con la cesta de buñuelos. Una mano me arrastra hasta mis colegas, que están alrededor de un cubo de basura lleno de botellines de cerveza. Uno de ellos destapa uno con el mechero y me lo ofrece. El de al lado abre otro con los dientes y lo vacía de un trago. Estamos entre apaches de las altas llanuras del barrio marginal que han bajado al cogollito burgués del casco antiguo. Los indios metalúrgicos se han perfumado con anís antes de venir. Enfundados en sus chaquetas militares gastadas, que han comprado en la tienda Stock Américain, desprecian a los que van vestidos con ropa de

Chevignon. Se parten cuando ven el azúcar glas de mis buñuelos en la cesta, y los mordisquean mientras miran de arriba abajo a los «palurdos» y a las «guarras» del instituto.

Uno toma las riendas: «Les podríamos invitar a un buñuelo». Se acerca a una morenita que baila sola. Ella se sorprende tanto como si un oso le estuviera ofreciendo un bote de miel. Lo prueba y sonríe. Míranos, metalúrgicos de gran corazón rodeados de chavalitas felices. Dejaremos la lucha de clases para otro día. Nos desatamos con *Smoke on the Water* de Deep Purple, con *Stairway to Heaven* de Led Zeppelin nos arrimamos, y nos abrazamos con *Hotel California* de los Eagles.

Estoy sentado en un escalón al lado de un oso pardo que me cuenta su primera decepción amorosa mientras va empalmando un pastís tras otro como si fueran flanes. Se lía un porro mojado que no tira. Me dice que le caigo bien aunque sea el hazmerreír del taller. Pienso que en una hora estaré en mi cama, me habré tomado tres cervezas y habré llenado el depósito de acúfenos con la artillería de la música que destroza los altavoces. Solo pienso en mi paté. Puede que dé una vuelta por la cocina antes de irme a la cama para probar un poquito. Una melena leonina se agita delante de mis ojos abrumados por las luces multicolores. La melena se despeja sobre un par de esmeraldas sonrientes. Se llama Corinne. Es la hermana del oso pardo. Pasa una mano cariñosa entre las greñas de su hermano, que se está durmiendo con los brazos cruzados sobre las rodillas. Me dice que le ha hablado de mí, de mis redacciones y de las trufas de chocolate que nos comemos en las clases de mates. Me sonrojo. Sting canta *I'll send an SOS to the world.* Quiere que baile. Yo farfullo: «No sé». Cuando me contesta: «No pasa nada, yo te enseñaré», suena como una promesa. Tengo diecisiete años, pero tengo la certeza de que es la mujer de mi vida.

Miro el reloj del campanario. Faltan veinte minutos para las doce. Estamos sentados bajo el alero del mercado cubierto. No me ha cogido la mano, ha entrelazado sus dedos con los míos. No me atrevo a moverme. Mi corazón está a punto de explotar. Sé que ella sabe que es mi primera vez. Resopla para quitarse el mechón que tiene en la frente y se acerca. Nunca he besado a una chica. Ella se encarga. Tiene los labios dulces como mis buñuelos. Estoy levitando sobre el campanario. Me da miedo volver a abrir los ojos. Tocan las campanas de medianoche. Empuja su ciclomotor con fuerza para arrancar y me dice entre el ruido del tubo de escape: «Mañana a las tres en la orilla del río».

Cuando entro, mi padre está sacando brillo a la cocina. Me señala una línea dibujada en el suelo con tiza. «Cierra los ojos y sigue la línea hasta llegar a la pared». Camino con la precisión de un funambulista. Mi padre me para. «Está bien, no vas borracho».

Corinne coge el despertador por detrás de mi hombro. Maldice dulcemente porque me marcho a casa a las cinco de la mañana. Cada fin de semana me repite que podríamos pasarnos toda la mañana en su casa, levantarnos tarde, hacer los deberes juntos, y que sus padres estarían encantados de acogerme en su mesa. Pero para mí es inimaginable dejarte solo los domingos con el tictac del reloj y el olor a alcohol de quemar de la cocina. Y el silencio denso intensificado por el ronroneo de las neveras.

Esta noche Corinne no está en el Balto. He llamado a casa de sus padres, pero nadie ha cogido el teléfono. La semana pasada discutimos porque dijo que mi pelo olía a fritanga. Yo le respondí que hacer patatas fritas no era ninguna vergüenza, y que la fritanga no es peor que la grasa de coche. Me dijo que era demasiado susceptible y que lo decía por mí. Me abrazó y me aseguró que me querría aunque oliera a pipí de gato. Pero mi cabeza ya estaba en otro lado. Es a ti a quien atacaba al hablar de mi pelo. Estaba orgulloso de ser hijo de un proletario que adoraba su cocina y me pedía que siguiera leyendo cuando le leía artículos de *Tout l'Univers*. Cuando os veía colocar los volovanes con Lucien era feliz. Admiraba tu habilidad para eviscerar y bridar los pollos. Intenta explicarle esto a una niña bien que solo ve un pollo al que le meten un par de dedos en el culo. Vete a contarle que hacías bodegones para mí con cazuelas de crestas, de riñones de gallo y de setas silvestres. Descríbele la felicidad que sentía cada primavera con las ranas doradas con mantequilla de avellana, ajo y perejil. Intenta que disfrute del aroma salvaje y tostado de un civet de liebre.

Tengo dieciocho años y algo se ha roto en mi bonita historia de amor. Me voy con mi Honda XT 500 por la carretera de Dijon. La lluvia golpea el casco, estoy empapado como una sopa, me caliento las piernas con el motor monocilíndrico de cuatro tiempos. La luz amarilla atraviesa la oscuridad e ilumina una señal: «Dijon 30 kilómetros». Voy a Dijon. Sé que mamá está allí y ha rehecho su vida. Muchas veces he pensado en coger la moto para ir a verla. Hoy estoy listo, por fin me atrevo a reconocer que la echo muchísimo de menos.

Doy gas en una curva que hace pendiente. Conduzco con las tripas, un poco aturdido por las cervezas que me he tomado en el Balto.

Le he cogido la moto a uno de mi clase; no tengo el carné, pero sí la cantidad suficiente de alcohol en sangre para hundir la nariz en el manillar. En la oscuridad de la noche veo el neón de un restaurante de carretera colocado en medio de la nacional. Entro en el aparcamiento excesivamente iluminado. Un camionero alemán corre la cortina y apaga la luz de su cabina. Mis pasos chirrían sobre la gravilla mojada. Tengo frío.

Entro en el restaurante. Tengo el dinero justo para pagarme un café enorme que me despeje un poco. La barra está llena de platos sucios. El camarero está solo y de mal humor. Mete mi calderilla en la caja. Trato de interesarme por el documental de animales que está puesto en la tele colgada en una esquina del bar. Sé que no iré hasta Dijon.

Levanto el cuello de tu abrigo, que me gusta más que mi impermeable. Seco el asiento mojado con un pañuelo, monto en la moto y le doy con fuerza al pedal de arranque. Levanto la cabeza y una linterna me ilumina. Tengo dos gendarmes delante. No parecen hostiles, más bien se les ve cansados debajo de la lluvia. Nunca he tenido suerte con los maderos. No tengo los papeles de la moto ni el carnet de conducir ni el seguro, es de un amigo. Tampoco llevo el carnet de identidad. Me llevan en su furgón. Prefiero adelantarme: «Sí, he bebido un poco, pero no mucho». En cualquier caso, lo suficiente para dar positivo.

El cuartel de policía huele al papel carbón que utilizan para hacer copias de lo que escriben a máquina. Antes de empezar a mecanografiar, uno de los gendarmes me dice que puede que sea mayor de edad, pero tengo la madurez de un niño de ocho años. Me echo a llorar cuando me pide el teléfono de mi padre. Les digo que me has criado solo, que ya tienes suficientes problemas. El gendarme se echa para atrás en la silla. «De todos modos, te quedas con nosotros unas horas, no vas a volver borracho a casa».

La celda de los borrachos consiste en un camastro de madera y un váter turco con la cadena fuera. El radiador emite un calor sofocante que intensifica el olor a mierda y a vómito. Tengo que quitarme los cordones de los zapatos y el cinturón. Me tumbo y me giro hacia la pared. A estas horas podría estar entre los brazos de Corinne, pero tengo ganas de cagarme en todo el mundo. No es agresividad adolescente, no; es la rabia que aún hoy me sale cuando me soplo una botella de Jack o piso el acelerador en el carril izquierdo de la autopista. Quiero gritar al mundo esta soledad que nunca me dejará. Me duermo cantando Lou Reed y su *Lady Day*.

Estás en el aparcamiento de la gendarmería. Los padres del propietario de la moto te han avisado. Espero una paliza monumental, de las que te dejan cicatrices para toda la vida.

Me observas detenidamente apoyado en el coche. Tus ojos azules nunca me han parecido tan grandes, hay una mezcla de severidad y de tristeza en tu mirada. Espero a que descruces los brazos y me pegues. Quiero que te enfades, que me riñas, que me insultes, que me golpees. Todo menos este silencio inmóvil y esta puta coraza que oculta tus emociones desde que mamá se fue. Ya no puedo con tu traje de luto, con tu rectitud de monje militar que duerme al lado de su cocina. No soporto más tu solicitud de padre coraje, tus palabras sin emoción, nuestros rituales vacíos. Querría que rompieras los platos, que incendiaras los fogones, que estuvieras borracho como una cuba, tirado en el suelo de la cocina con Lucien, tu hermano de tumba. Desearía que te dejaras llevar, que no miraras más al vacío esperando lo peor. Tu guerra se acabó, papá. Date permiso para meterme una que no olvide jamás, para romperme un diente si te apetece. Pégame, escúpeme a la cara, pero, joder, dime algo en lugar de meterlo todo debajo de la alfombra con los fantasmas, como haces siempre. Quiero que me des la paliza de mi vida.

Me miras de arriba abajo como si fuera un desconocido. Ya no soy el hijo de nadie. Me haces un gesto con la mano para que entre en el coche. Conduces como un autómata. Te paras delante de la floristería de la Grand-Rue. Me das un billete de cincuenta francos: «Dile que te dé lo de siempre».

La florista me ve llegar y te mira inquisitivamente. Prepara un ramo de rosas blancas con algunas hojas. Cojo el ramo y sigues conduciendo en silencio. Avanzas por una avenida que conozco bien. A menudo paso por aquí para ir hasta el terreno en el que hacemos motocrós. Antes de llegar a la colina está el cementerio. Dos cipreses enmarcan la puerta. Un viento tremendo sopla con fuerza, siempre el viento del norte. Dos pasillos en forma de cruz atraviesan el cementerio. Caminas delante de mí, muy erguido. Protejo las rosas del viento con los brazos. Pasamos por delante de un cuadrado de césped lleno de cruces negras y restos de flores secas. Al lado hay tumbas de niños. Tomo una bocanada de aire fresco; entre la resaca y la emoción me estoy mareando. Me tambaleo entre dos criptas, rozo un seto de boj, tú te paras. Al principio solo veo una placa de mármol *beige* veteada de rojo. Levanto los ojos hasta un apellido, un nombre de mujer y dos fechas, una de ellas es la de mi nacimiento. Quedo hipnotizado con el brillo de las cifras y las letras doradas. Susurras: «Era tu madre. La que te trajo al mundo. Murió en el parto».

Dejas el ramo de rosas en el suelo. Me coges la mano. Te arrodillas. Sacas el cuchillo y cortas el tallo. Las colocas en el jarrón que está lleno de agua de lluvia. Cavas justo delante de la tumba y dejas el jarrón. Te inclinas suavemente sobre el mármol y le das un beso. Me coges del hombro. Estás a punto de llorar.

—Conocí a tu madre... biológica cuando era aprendiz. La pusieron de vendedora en la panadería. Veníamos del mismo sitio. No teníamos ataduras. A ella la habían criado unas monjas y yo era mozo en una granja en la que llamaba «tío» al hombre y «tata» a la mujer. Enseguida nos hicimos amigos. Aprendimos a querernos, ambos éramos desconfiados y un poco salvajes. Pasábamos nuestro día libre en el mismo lugar al que te llevo los domingos. Pero éramos discretos, porque a nuestros jefes no les parecería adecuado. No era cuestión de que se enteraran de que el aprendiz se acostaba con la vendedora. La habrían enviado con las monjas de inmediato y a mí me habrían despedido. El único que lo sabía era el panadero de más edad. Nos ayudaba dejándonos su apartamento al lado de la iglesia. Nos daba las llaves y nos decía: «Venga, chicos, solo se vive una vez». Cuando me llamaron para ir a Argelia decidimos que nos casaríamos a mi regreso. Queríamos tener hijos, pero tú llegaste antes de lo previsto. Te concebimos durante un permiso. Cuando regresé, tu madre estaba a punto de dar a luz.

—¿Por qué murió?

—Me dijeron algo de una hemorragia.

—¿Y por qué yo no?

—Hicieron lo posible por salvaros a los dos, pero ella no sobrevivió.

—La madre que muere, el hijo que vive ¿es eso el *mektoub*?

Tragas saliva y dibujas una cruz sobre la gravilla con el cuchillo. Exploto.

—¡Estoy hasta los huevos! Todas esas mentiras, ¿eh? Lo de encontrar el Relais fleuri con Lucien, ¿también mentira?

—Fue tu madre la que encontró el Relais fleuri. A mí me acojonaba coger un negocio, los clientes, los préstamos... Pero ella era... tan vital.

Tercera parte

1

—¿Mi padre te ha hablado de mi madre biológica?

Gaby no parece sorprenderse con mi pregunta.

—Nunca.

—¿Y a Hélène la conociste?

—Un poco pero, ya sabes, tu padre era siempre trabajo y más trabajo, así que era difícil veros a todos.

Gaby me mira de reojo mientras alisa el cigarro y parece decirme: «Venga, chico, hazme más preguntas».

—¿Cómo era Hélène?

—Hermosa, muy hermosa. Tenía mucho encanto. Profesora de francés, imagínate. No iba por ahí alardeando de sus conocimientos con tipos como nosotros. Y, además, estaba loca por tu padre.

—¿Y por mí?

Gaby hace una pausa, sopesa sus palabras.

—Era como una madre con su hijo.

—Y entonces, ¿por qué se fue?

—Nadie lo sabe excepto tu padre.

—¿Y por qué nunca lo ha contado?

—Porque los hombres no suelen hablar. Lo único que

sé es que antes de marcharse le dijo: «Nunca más volverás a saber de mí».

Me levanto de un salto y me pego un golpe fortísimo en la frente contra un roble. Clavo las uñas en la corteza hasta que me sangran. Me giro para buscar el cuchillo. Me quiero cortar las muñecas de un golpe seco, igual que cortaría las patas de un pollo. Veo las rosas sobre el mármol de la tumba, los cabellos de mamá Hélène acariciando mi cara cuando voy a despertarla. Veo a mi padre reventado mientras saca brillo a su cocina en el silencio de la noche. Quiero morirme. Gaby me arranca el cuchillo. Cojo una piedra y me reviento la ceja. La sangre brota. Veo en color rojo, el líquido insípido llega hasta mis labios. Gaby me bloquea las piernas y me tira al suelo. Él, que ha visto salir a hombres en llamas de las torretas de los tanques, que ha visto a hombres morir en silencio mientras se sostenían el vientre desgarrado por la metralla. Amarillos, grises después de días congelados bajo su chaqueta acartonada. Él, que ha visto todos los colores de la sangre: rojo vivo, negro, granate, esparcirse sobre la nieve, la culata de los fusiles, los vendajes de las piernas. Me sienta con la cabeza contra su hombro y saca un pañuelo para secarme la frente. Lloro. Pone mi mano entre su mano derecha. Está caliente, llena de callos.

—¿Por qué quieres hacerte daño, chico? ¿No crees que ya has tenido suficiente?

Encojo los hombros.

—No eres tonto. No eres un inútil, excepto en tecnología.

Bromea.

—Pronto tendrás un diploma. Tienes toda la vida por delante. Y créeme, la vida pasa muy deprisa. No la malgastes, chico. Haz lo que quieras, no lo que quieran los demás. Solo tienes que ser más listo con tu padre. Él también se la ha pegado con sus historias. Con todas nuestras tonterías no hemos cogido ajo de oso. Tenemos que encontrarlo para la cena. ¿Sabes pochar huevos?

Claro que sé pochar huevos.

Después de esto ya no vuelvo a hablar de mi madre, pero estoy tranquilo. Me preparo para el examen en casa de Gaby y Maria. Ella me despierta a las cinco y media acariciándome la mejilla. «Arriba, pandilla de perezosos». Oigo cómo arrastra las zapatillas hasta la cocina. Aunque estamos en mayo, las mañanas son frías. Vuelve a encender el fuego. Pone a hervir el agua. Abro los ojos y me doy la vuelta. Hago mis cuentas: me quedan cuatro semanas antes del examen. Fue Gaby el que tuvo la idea de que fuera a prepararlo a su casa. Antes de irme, los dos fuimos a llevar flores al cementerio. Me cogiste del brazo: «Estoy seguro de que cuida de ti».

La cafetera silba sobre el fogón entre el aroma del café. Me visto y me pongo mis botas Pataguas. Abro la puerta a una mañana de escarcha blanca. Rodeo la casa y me paro a mear en el mismo lugar de siempre, mirando hacia el bosque. Dirijo el chorro amarillo hacia un matorral de rumex. Un gato que vuelve de sus correrías nocturnas se frota con mis piernas. A veces regresa con un pájaro o un ratón entre los dientes. Me siento a la cabecera de la mesa. Maria ha colocado un tazón de café, dos tostadas, mantequilla y sus mermeladas. Contemplo mis cuadernos y mis libros apilados al otro lado de la mesa que siempre preside un gato. También he traído el primer libro de recetas que me he comprado: *Bocuse dans votre cuisine*. En el Relais fleuri lo escondo debajo de la cama. Sé cómo detestas todo lo que se parezca a una receta escrita. Por la noche me sumerjo en la caballa a la vinagreta de vino blanco, en los huevos a la *beaujolaise* y el bizcocho marmolado de chocolate. En casa de Maria y Gaby el libro está a la vista, encima de la mesa, tanto que corro el riesgo de estudiar la receta de *saucisson chaud* en lugar de probabilidad o procesos de mecanización. Me esfuerzo en releer temas que no entiendo en absoluto, y cruzo los dedos para que no salgan en el examen. Soy un experto haciendo bechamel, pero que no me pregunten sobre calibrado.

Después de tomarse el café en la cama con Maria, Gaby se sienta delante de mí para desayunar. Me ha organizado un horario al estilo militar. Estudio de las seis a las diez y de la una a las cuatro, y una hora después de cenar. Entre un periodo de estudio y otro paso todo el tiempo con Gaby y tengo permiso para cocinar. Ayer por la tarde matamos un conejo. Nunca he visto a nadie matar un animal como lo hace él. Es metódico y cariñoso al mismo tiempo. Cuando lo saca de la conejera, lo acaricia y susurra su nombre. Todos están bautizados. Este se llamaba Trotski. Hay un gallo que se llama Bakunin y un pato que se llama Jaurès. El panteón de los animales ilustres. «Se vive bien aquí, ¿eh? Hierbas y heno de primera, además de los cuencos de paté de verduras en invierno», dice Gaby mientras saca de la chaqueta el palo de fresno con el que matará a Trotski. Cuelga al conejo por las patas traseras y lo sangra. Un hilillo de sangre cae en el bol. Gabriel siempre repite lo mismo: «No somos nada». Cuando ha despellejado el conejo, lo coloca en una fuente y lo cubre con un trapo. «Aquí yace el camarada Trotski», declama Gabi mientras se lo enseña a Maria, que da un grito. Le riñe en ruso. Él la coge por la cintura de avispa y la besuquea. Maria también habla en ruso cuando hacen el amor. Cuando un día en el bosque le pregunté a Gaby por qué no tenían hijos, dejó de afilar la cadena de la motosierra: «Por todo lo que le hicieron a Maria». Me estremecí cuando tiró con fuerza de la cuerda de arranque y la puso en marcha.

Maria me abraza con la mirada.

—¿Quieres que te ayude?

Digo que no. Hago un ramillete con laurel, tomillo, un tallo de puerro y una ramita de apio de monte. Corto un buen pedazo de tocino.

—¿Tienes una media luna, Maria?

—¿Una qué? —pregunta sorprendida.

—Una media luna.

Gabriel se ríe.

—Sí, la media luna que te bajé del cielo.

Maria se da cuenta de que le estamos tomando el pelo.

—¡Que os den! —nos dice.

Gaby trae un cuchillo curvo con un mango a cada lado e imita el movimiento de un balancín.

—Esto es un cuchillo media luna.

Maria hace como si nos riñera:

—¿Y no podías decir sencillamente «el cuchillo»? Los franceses siempre tenéis que complicar las cosas.

Gabriel da golpecitos sobre la hoja con la piedra afiladora. Siempre dice: «Un buen obrero, sea del oficio que sea, debe saber afilar sus herramientas». En el 4L hay una pala americana que corta como una cuchilla. He leído que en la guerra la utilizaban como arma en los combates cuerpo a cuerpo.

Pico el hígado, los pulmones y el corazón del conejo con perejil y ajo sobre la tabla de cortar. Lo mezclo todo en un bol con un vasito del aguardiente de Gaby. Sabe a la semilla de la endrina que vamos a recoger después de las primeras heladas. Se necesitan muchos cubos de ciruelas azules para hacer un litro de aguardiente. Gaby destila todo lo que crece cerca de su casa: manzanas, peras, flores de saúco, guindas. Cada mañana se toma «su gota», como él la llama, dentro de su segundo café. También hace vinagre con restos de vino viejo. Echo un poco en el bol que tiene la sangre fresca del conejo. Gaby me da un golpe con el codo mientras remuevo la carne.

—¿Qué me dices? —me pregunta señalándome una botella polvorienta.

Un aloxe-corton premier cru 1972.

—¿No es demasiado para un civet?

Gaby me susurra al oído:

—He puesto el listón muy alto, más vale que no te equivoques.

Caliento el vino. Espolvoreo los trozos de conejo con harina y los rebozo. Añado un poco de agua caliente para ligarlo todo. Vierto el vino hirviendo, el ramillete de hierbas aromáticas y el diente de ajo guisado. Deslizo la cazuela hasta una esquina de la cocina para que el civet se vaya haciendo a fuego lento. «Aquí no, se hará demasiado deprisa», me aconseja Maria. Es como tú, conoce su cocina como la palma de su mano. ¡Cuántas veces me has hecho tocar el hierro para saber dónde es mejor poner a hervir o, al contrario, dónde cocinar a fuego lento!

En el pueblo todos saben que a Lulu le gustan los hombres. Cuando volvió de la guerra, Gaby se enteró de que su padre le había pegado. Habían pillado a Lulu en el bosque con un chico. Su madre le suplicó a Gaby que no le dijera nada a su padre, pero él se fue directo hacia el jardín, donde su padre arrancaba una planta de patata. Lo miró con su mirada dura de soldado. «Lucien es mi hermano, como le vuelvas a poner una mano encima te las tendrás que ver conmigo. Aunque seas mi padre, te voy a reventar». Los ojos del viejo se velaron. Su hijo había regresado de la guerra más asertivo y autoritario, y le tenía miedo. «Es un maricón bajo mi techo», había protestado, «¿Y qué preferirías, que hubiera acabado en Auschwitz?». El padre había bajado la cabeza hacia la planta de patatas.

Saco los trozos de conejo de la cazuela, filtro el jugo y lo vuelvo a poner al fuego con el hígado, el pulmón y el corazón. Remuevo suavemente y evalúo la textura de la salsa. Gaby moja un poco de pan y lo prueba con los ojos entrecerrados: «Es como comer un pedacito de cielo».

Te oigo decir: «El mejor oficio es el de chef salsero». Había algo mágico cuando de pequeño te veía preparar la sopa de cangrejos de río. Los animalitos se ponían al rojo vivo dentro de la cazuela mientras yo me esforzaba en cortar las verduras que ibas a añadir a daditos. Lo chafabas todo con fuerza con un rodillo de amasar que hacía de maja. Tomates, vino blanco, clavo y granos de pimienta iluminaban la mezcla que dejabas durante tres horas a fuego lento al fondo de la cocina. La sopa se convertía en un jugo espeso que filtrabas con el chino. Te faltaba, por supuesto, añadir nata. Me dabas a probar esta pócima. Yo hoy también estoy orgulloso del civet que he hecho cuando veo la alegría de Maria y Gaby. Sé que si te llamo para contártelo solo me hablarás de mis estudios. Nosotros no reavivamos los temas conflictivos, los enterramos. Lo tengo tan integrado que cuando nuestro tutor me preguntó en clase qué quería hacer después del bachillerato me pilló totalmente desprevenido. No me permitía a mí mismo hablar de cocina porque me daba miedo que te enteraras. Tampoco se trataba de considerar una escuela de ingenieros tras comprobar mi inutilidad para las asignaturas técnicas. Me sentía tan desvalido que respondí con una provocación: «Haré cualquier cosa menos lo que he intentado aprender aquí». Mis compañeros se partían de risa en sus pupitres.

Si te lo hubiera contado, te habrías enfadado y me habrías dicho: «Eso no se hace». Gaby dice que me desenvuelvo bien. Mientras estudio, él hojea mis libros con el gato encima. No sabe nada de química, pero me hace repetir las definiciones. Sin embargo, es mucho mejor que yo en ingeniería mecánica sin haberla estudiado nunca. Con solo mirar un plano ya sabe cómo funciona un engranaje. «Es muy fácil, es de sentido común». Cuando nota que ya estoy agobiado, me dice que recoja mis cosas y vayamos a tomar el aire. Me obliga a ponerme las botas para atravesar la charca e ir a recoger ajo de oso.

Esta tarde el cielo estalla en chaparrones intermitentes. Entre dos chubascos, nubes grandes se amontonan en el azul. Gaby ha aparcado su 4L dentro de una antigua cantera de arena rodeada de retama. Atravesamos un bosquecillo de abedules y de hayas. A Gaby no le gustan los caminos ya trazados. Siempre me lleva por sus propios caminos a sitios que están en medio de la nada y nunca se pierde. Atravesamos un claro enorme y después una sucesión de valles en los que el agua aflora bajo las hojas muertas. Gaby se detiene sobre una cornisa de brezo que domina un pequeño valle en el que se entrecruzan hilillos de agua. Los atravesamos saltando por encima de guijarros y de arbustos de botones de oro. «¿Sabes a dónde vas?», me atrevo a preguntar. Gaby continúa sin girarse y responde: «¿A ti qué te parece?». Bordeamos un riachuelo que se va ensanchando a medida que nos acercamos a una pradera de color verde claro en la linde del bosque. Gaby baja una cerca de alambre de púas para que yo pueda pasar. Caminamos por encima de un pasto rico. En realidad no es una pradera, aunque hay terneros que se alejan cuando nos ven llegar. Tampoco es un claro, a pesar de los troncos enormes de robles dispuestos como un bosquecillo. El granero hacia el que nos dirigimos está a la sombra de unos árboles enormes. Está medio en ruinas. Un trozo del techo se ha derrumbado sobre lo que debía de ser un pajar. Nos sentamos sobre un dintel de piedra con el número 1802 grabado.

—Es el año en que lo construyeron —me explica Gaby.

—También es el año en el que nació Victor Hugo —digo yo.

Me da un golpecito en el hombro.

—Un anarquista como nosotros, ¿eh?

—Vaya, uno tiene que saber a dónde va para llegar hasta aquí.

—Sí, pero es lo que me gusta. Este granero nos fue muy útil durante la guerra. Era un lugar de encuentro para los maquis de la zona.

—¿Los alemanes no lo vigilaban?

—No demasiado. Siempre venían algunos a explorar antes para asegurarse de que no había nadie. Los alemanes estaban demasiado ocupados en la ciudad para venir hasta aquí.

Corto una punta de avellano y la clavo en el suelo como una flecha.

—Parece que prefieres hacer virutas de madera que fabricar chatarra, ¿eh?

Yo me río. Gaby me mira fijamente, perdido en sus pensamientos, mientras descortezo otra rama.

—¿Todavía quieres ser cocinero?

Aprieto los labios y asiento.

—¿Y vas a tener que hacer otro curso con todo lo que ya sabes?

—Tengo que mejorar mucho. Puedo hacerlo en una escuela o en un restaurante, pero tendré follón con mi padre.

Gaby se concentra en liarse el cigarro:

—¿Se lo has preguntado?

—No, pero lo sé.

—Chaval, tienes que ser listo. Cuando hayas aprobado, no lo pongas entre la espada y la pared. Inscríbete en algún lado para guardar las apariencias y que piense que algún día serás profesor. Y luego búscate a un buen patrón para aprender más sobre cocina. Ya verás como irá bien.

Algo acaba de suceder en medio de estas piedras entibiadas por la primavera. Es como si este hombre con cara de pícaro estuviera encarrilando mi vida. Hablamos más en una sola tarde que lo que había hablado con mi padre todos los domingos de mi infancia a orillas del río. Gaby me quita de las manos el cigarrillo que intento liarme.

—Parece un porro, déjame a mí.

2

Eres el padre más generoso que hay, acoges a todos mis amigos para celebrar que hemos terminado el curso. Cambio el barril de las cañas que se ha vaciado en un abrir y cerrar de ojos. Lleno hileras de vasos con vino blanc limé. Cueces una olla entera de patatas con piel para servirlas con todos los quesos que tienes en la despensa. Bebemos, comemos, nos atiborramos, flirteamos, vomitamos, volvemos a beber. Y tú curras en la cocina, con un Gitanes encendido apoyado al lado de los fogones. Preparas copas de sorbete y las adornas con tus tejas. Lulu viene a la barra para servirse un vaso enorme de agua helada y me dice: «Tu padre está como loco, nunca lo había visto así». Se bebe a la salud del Relais fleuri hasta en el patio de la estación con los ferroviarios. Hasta los profesores y los gendarmes están aquí. Descorchas champán para ellos.

Corinne está sentada en la terraza con otros *cum laude* como ella. En septiembre empezará la carrera de matemáticas en el Lycée du Parc de Lyon, igual que los colegas con los que habla. Les ofrezco una copa de champán. Me meto en el papel de camarero que sirve a la juventud dorada, y me encanta. Como dice Gaby, «apunté muy alto» con Corinne. La veo como una muñeca de porcelana y me pregunto cómo pudieron tocarla mis manos de proletario. Descubro que los sentimientos pueden escabullirse de puntillas sin destrozarte el corazón. Y de paso, aprendo que el cerebro puede ser el segundo sexo. Corinne levanta la cabeza: «¿Qué harás en septiembre?». Ya llevo unas cuantas Picon bière y me pimplo una botella de champán. Me apetece decir chorradas. Mi colega Bébert pasa cargado de Ricard como un carro de combate. Irá al politécnico, como algunos más, pero seguirá derrapando en las curvas con su XT 500 y comiendo paté de lata conmigo a las tres de la mañana. Nos damos un morreo y gritamos: «¡Vamos a casarnos y a tener un hijo!».

Deben de ser las tres de la mañana. Hasta los geranios de la terraza están cansados, pero el Relais fleuri sigue a tope. Bebes una cerveza en la puerta, pasas la vista por la terraza y sonríes al ver a los jóvenes que se besuquean. Creo que eres feliz. Das una palmada. «Vamos, a por la sopa de cebolla». Quiero ayudarte. «No, quédate con tus amigos». Te odio.

Ya no quieres que esté en la cocina. Para ti soy el bachiller, he pasado al otro lado. Casi un trabajador de cuello blanco. Se acabó el delantal azul de aprendiz. Ya no más baldes de patatas para pelar, fuera el olor ahumado de la *sacucisse de Morteau* y de ajo en los dedos. Se acabó la bolsa caqui de Stock Américain para ir a clase. Eres capaz de regalarme un maletín y unos mocasines con borlas para sustituir la bolsa y los zapatos Clarks llenos de bolis Bic. Te quiero joder una vez más antes de entrar en esa vida burguesa que te imaginas para mí. Pillo las llaves de Bébert. Le doy fuerte al pedal y la monocilíndrica retumba. Voy a meter primera cuando una mano infernal me agarra por el cuello y la apaga. Reconozco los dedos largos y nudosos de Lucien. Se planta delante del manillar y me mira fijamente con sus grandes ojos tristes. «Ya basta, Julien».

Al día siguiente todos parecemos muertos vivientes y bebemos litros de Coca-Cola para aplacar la resaca. Tenemos que vaciar las taquillas. Queremos hacer una barbacoa gigante al lado del río y quemar nuestras batas azules. Me cuesta abrir la puerta de la mía, la han forzado muchas veces y está torcida. Meto el calibre, mis llaves planas y la lima en la bolsa. Paso la mano por el estante de arriba. Hay un sobre sellado. Dentro, una hoja cuadriculada plegada en dos. La despliego, alguien ha mecanografiado «Hélène» y un número de teléfono. Lo releo todo diez veces. Tengo un dolor de cabeza terrible. Cuento los números; sí, es un número de teléfono. De pronto me asalta el miedo a perderlo. Lo copio en el cuaderno de ejercicios. Estoy alucinando entre mogollón de metalúrgicos que cantan y pegan patadas a las taquillas. Me pasan una revista porno arrugada y me gritan cuando la tiro a la basura. Dicen que claramente la resaca no me sienta bien.

Bajo la avenida. Al final de la cuesta, detrás de la valla publicitaria, hay una cabina. El jardinero con el que me cruzo habitualmente quita las malas hierbas de al lado de las fresas. Gira la cabeza. ¿Sabe que es la última vez que nos veremos? Me apetece despedirme, pero estoy obsesionado con la puta cabina que tiene la puerta abierta, como si me invitara a entrar. Tengo una moneda de un franco.

Le doy vueltas en el bolsillo del pantalón, la saco para confirmar que es un franco. Miro el número, no sé qué hacer. Me aterra la idea de oír su voz que ya no recuerdo. Hace casi diez años que se marchó. Sin decirme una sola palabra. Diez años que la luz se apagó. No llamar es no poder comprender. Llamar es tocar a la puerta de una desconocida que me cambió los pañales, me vistió, me dio de comer y me mimó para luego desaparecer. El arrepentimiento hace que me duela el pecho. Vuelvo hacia atrás. Al fondo, debajo de la valla publicitaria, el jardinero me observa. ¿Tengo una pinta tan rara? Descuelgo el auricular, que apesta a mal aliento y a tabaco frío. Inspiro profundamente, pero mis dedos se confunden con los números. Cuelgo. Acaricio un corazón grabado sobre el metal de la cabina. Descuelgo de nuevo, tengo el corazón aceleradísimo. El franco se cae al suelo, lo observo en mi palma de la mano. Con el *mektoub* no hay trampa posible. Cara: llamo; cruz: no llamo. Tiro la moneda muy alto, se vuelve a caer al suelo: cruz. No puedo dejarlo así. Necesito una señal mágica. La vuelvo a lanzar, ahora sale cara. Empate, la pelota está en el centro. Esta vez sacudo la moneda dentro del puño y la lanzo como si fuera un dado. Cruz. El *mektoub* así lo ha decidido, hoy no la llamaré.

El domingo comemos en casa de Maria y Gaby para celebrar que he aprobado. Estoy sentado en el coche con el pastel de fresa en las rodillas y tu cazuela de *coq au vin* entre las piernas. Es la segunda vez que te veo con una camisa blanca desde la reunión de tercero con los profesores. Mientras atravesamos el bosque me hablas de brotes de helechos que se comen como si fueran espárragos.

Estoy a punto de decirte: «¿Lo probaremos?», pero me contengo. Muchas veces he preferido no hablar de futuros proyectos en voz alta por miedo a gafarlos, pero en este caso no se trata de una superstición. No consigo imaginar un futuro contigo si crees que no estaré en la cocina.

Gaby y Lucien ya están con el aperitivo. Bromean:

—¿Qué, bachiller, todavía nos reconoces?

No soporto su jueguecito. Gaby sigue:

—Sabes lo que dice Bocuse: «Tengo dos diplomas, el del agua fría y el del agua caliente».

Maria me coge por el cuello y me besa; noto sus lágrimas. La madre de Gaby y Lucien también está:

—Lo felicito.

Esta pasa arrugada ha vivido dos guerras, ha hecho lo imposible por criar a sus hijos y me trata de usted, cosa que odio. Me bebo el Pontalier que Gaby me da en tres tragos. Me entra el sopor. Me bebo otro y después otro. Nadie me dice nada, soy el protagonista de la fiesta. Estoy como en una nube de alcohol, las voces me llegan amortiguadas. Siempre hay alguien que me coge de los hombros y me dice: «Qué listo eres», «Eres el primero de la familia que ha terminado el bachillerato», «Ahora que estás en las altas esferas no querrás saber nada de nosotros». Maria me guarda las morillas más grandes que ha preparado con nata, y tú me escoges los mejores trozos de pollo; mi vaso siempre está lleno. Gaby ha abierto un romanée-conti del año en que nací, lo ha conseguido a través de su red de veteranos de la Resistencia. Busco su mirada en medio del bullicio, pero él lo sabe y juega con eso. Cuando se cruza con la mía, sus ojos sonríen y dicen:

«Qué, chaval, ¿eres el niño prodigio? No la líes, haz lo que acordamos».

Cortas tu tarta de fresa, Gaby descorcha el champán. Brindamos. El frío y las burbujas me animan. Me echa un cable: «¿Y qué piensas hacer ahora?». Todos me miran: «Estudiaré Humanidades». Me sorprende la tranquilidad de mi voz. Tú le das vueltas a una fresa dentro del plato. Aunque dices «muy bien, hijo» con mucha solemnidad, disimulas muy mal tu decepción mientras cortas más pedazos de tarta. Querrías que fuera ingeniero en un despacho, que diseñara el TGV o el Concorde, o el nuevo Peugeot. Habrías estado orgulloso de decirle a tus clientes: «Mi hijo es ingeniero en Sochaux». Pero en lugar de eso me voy a sumergir entre libros y, quién sabe, tal vez sea profesor como Hélène. Tienes una coraza muy gruesa como para que pueda detectar si piensas en ella, pero estoy convencido de que todavía no la has olvidado. Lo que no te cuento es que pretendo trabajar en una cocina. Brindas con aguardiente y te esfuerzas por reír con Gaby y Lucien. Yo me tumbo sobre la hierba que hay delante de la casa. Desde que encontré el número de Hélène en la taquilla, me persigue. Lo anoté en otro papel que ahora saco del pantalón. La cabeza me da vueltas. Supongamos que descuelga. ¿Qué diría? «¿Es la casa de Hélène?», o «Soy yo, Julien», o «Hola, Hélène», o «Hola, mamá»? ¿Y si colgara enseguida después de reconocerme, o si dijera «Lo siento, se ha equivocado»? O puede que se hiciera un silencio larguísimo porque yo no me atrevo a hablar. Tal vez me dijera: «Julien, hace tanto tiempo que espero tu llamada». Habría otro silencio y después suspiraría pro-

fundamente antes de preguntarme: «¿Qué es de tu vida?».
No, no me gustaría que me hablara así. Qué es de tu vida
se dice cuando fingimos que nos importa la vida del otro.
De hecho, puede que no tuviéramos nada que decirnos.
Me disculparía educadamente y saldría corriendo de la
cabina.

3

Llevo siglos en esta oficina de correos escudriñando el listín telefónico línea por línea, en busca de números que terminen por sesenta, como el de Hélène. Como todavía no me he atrevido a llamar, intento localizarla esperando que no esté en el listín. Suena la campana de la escuela de al lado. Es mediodía, la oficina está a punto de cerrar. El empleado que me ha visto toda la mañana encima del listín se acerca.

—¿Se lo está aprendiendo de memoria?

Me pongo granate. Tartamudeo:

—No, busco un número.

El cartero tiene cara de alguien a quien no se la pegas.

—¿Me deja ver el número que tiene en la mano?

Le enseño el papel. Sonríe.

—No se moleste en buscar en Côte-d'Or. Su número es de Doubs, probablemente de Besançon.

Yo que ya me veía desembarcando en Dijon para seguir el rastro de Hélène, estoy aquí diseccionando números besanzoneses. Nunca habría imaginado que tuviera tanta paciencia. Al fin doy con la dirección que coincide con el número de teléfono; el apellido no es el suyo y el nombre es masculino. Es como un puñetazo. Se ha casado, probablemente tenga hijos, mientras que en casa todo sigue igual desde que se marchó. Mi padre no ha rehecho su vida, mi madre biológica no eligió morir. Hélène nos traicionó. Estoy indignado con esta puta burguesa que sabía más que los demás, que nunca ha tenido que ensuciarse las manos. La desprecio. Yo estudiaré Humanidades sin haber nacido con una cuchara de plata en la boca. Iré a la universidad con la chaqueta M43 que me ha dado Gaby, no con una Burberry.

Me pareces patético al verte en la cocina. De repente, todo me parece miserable: los manteles de papel del comedor, los olores de pastís y de Gauloises, tus ollas viejas, Lucien arrastrando los pies, la ducha al lado de la cocina, el caos del piso de arriba, las permanentes teñidas de Nicole, que se viste como un cuervo desde que André se mató en un accidente de coche. Y mientras tanto, Hélène debe de estar tranquilamente acomodada en su vida de persona importante en Besançon. Sus niños con bermudas de cuadros, diadema y cuello de babero, el bridge de los domingos, los mercadillos solidarios del Rotary Club, el esquí en Suiza en invierno, la Costa Azul en verano. De pronto interrumpes mi película:

—¿Todavía no te has matriculado en Dijon? Ya va siendo hora, ¿no?

—No, voy a matricularme en Besançon.

Lo he dicho sin pensar. Es como si siempre hubiera vivido en esa ciudad, aunque nunca he puesto los pies allí.

Cuando pronuncio ese nombre me resulta familiar, a pesar de que solo he visto las imágenes de la televisión regional. Veo sus calles sombrías, sus piedras antiguas, me imagino un ático abuhardillado lleno de libros que hacen de muebles, dos caballetes y una tabla como mesa de despacho, un colchón sobre un pedazo de moqueta gastada. Y tú no pareces sorprendido. Dijon, Besançon, es lo mismo, media hora en tren. Aun así me preguntas:

—¿Por qué Besançon?

Yo me pongo pedante:

—Porque es donde nació Victor Hugo.

Te inclinas ante mi sabiduría. Cuando te doblegas así te odio. Intento convencerme de que no elijo Besançon por Hélène. Solo quiero saber qué paso y luego la dejaré en paz. Compro un plano de la ciudad en la librería y organizo la agenda de los próximos días: matricularme en la universidad de Letras, buscar una habitación, empezar las clases y después, solo después, ir a ver dónde vive.

Estoy en el tren. Fumo tabaco de liar Ajja 17 porque soy un aventurero que va hacia una ciudad desconocida. A mi lado tengo la mochila que has llenado con la precisión de un antiguo soldado. El saco de dormir, ropa interior, neceser y provisiones para sobrevivir a un asedio: salchichón, fruta, galletas, dos latas de paté Olida, un pastel de limón. Me has hecho mil recomendaciones y me has dado dos cheques firmados y unos billetes. Me has aconsejado que esconda algunos en el zapato porque «nunca se sabe lo que puede pasar». Me haces prometer que iré a dormir al hotel que me has reservado. Me pregunto en qué momento ese sargento veterano de djebel tan alabado por Lucien se ha convertido en una gallina clueca.

Al salir de la estación de Viotte, Besançon no se parece en nada a lo que había imaginado. Es una ciudad verde enclavada entre las colinas y los meandros del Doubs. Bajo por la rue Battant entre la brisa fresca de un día de otoño. Con solo dar unos pasos ya me enamoro de este barrio proletario y variopinto. La gente se grita de buena mañana entre los cuscús, los bares, las tiendas y los talleres de artesanos. Me siento en una terraza. Todo me parece fantástico: el café en vaso pequeño, el olor a pollo asado, el color gris de las piedras antiguas…

En un arrebato de entusiasmo le pregunto al del café si sabe de alguna habitación para alquilar. Mi pregunta da la vuelta al bar, a la manzana y a toda la calle. Un hombre se acerca y me tiende el puño para saludarme, tiene la mano llena de pintura blanca. Encima de su taller, en el último piso, tiene una habitación para alquilar. Si quiero, puedo ir a verla. Estoy un poco aturdido por la velocidad de los acontecimientos, pero también por la facilidad aparente de la vida cuando me dejo llevar. La habitación está en un sexto piso de una bonita escalera de madera que se va estrechando. El propietario me cuenta que es carpintero, y me tutea desde el principio. «Ya verás, es muy sencilla, pero está limpia». La habitación está en un recodo del final del pasillo, al lado de los baños. Parece el extremo del corredor de un barco, como el que vi en la peli de *Le Crabe-Tambour* en el centro cívico. Solo hay sitio para una cama y una mesa encajada entre la cama y la pared. Hay que pasar por encima del respaldo de la silla para poder sentarse. Un lavabo y un armario completan el mobiliario. Un rayo de sol que entra por el tragaluz acaricia la colcha de flores. Huele a producto de limpieza. Hago mentalmente el recorrido de la calle hasta esta atalaya. Aquí me siento libre y solitario. El propietario no quiere cheque, me perdona la fianza si le pago en efectivo. Le pago con los billetes. Ya estoy en mi casa. Me subo a la cama para ver un mar de tejas viejas por la ventana. Las cornejas graznan sobre una chimenea. Bajo volando por la calle hasta el puente Battant, veo por primera vez las aguas oscuras del Doubs. Deambulo por los andenes hasta el parque Chamars. Me siento debajo de los árboles y corto un trozo de salchichón. Nunca he comido así, solo, apoyado en un tronco, con el ruido lejano de los coches. No pienso ni por un momento en Hélène en este escenario que debe de serle tan familiar. Me apropio de la ciudad comiendo galletas.

Por la tarde me matriculo en la facultad de la rue Megevand. Es un lugar que huele a libros viejos y a parqué encerado. Tengo el diploma del bachillerato en el bolsillo, y un boli negro para rellenar los formularios. Dos cervezas en el bar de la universidad aumentan mi entusiasmo de granadero solitario. Por la noche sacrifico una moneda de cinco francos para llamarte. Sí, ya soy estudiante; sí, duermo en el hotel porque no es fácil encontrar habitación. No sé cuándo volveré. Noto que estás decepcionado. Me vuelves a sugerir que no deje el dinero en la habitación porque «no nos podemos fiar de nadie». Al colgar, me río.

Soy de los últimos en entrar en el aula magna. En lo alto de la escalera siento vértigo. Me siento al fondo, al final de una fila. La mayoría son chicas, y eso me sorprende. Yo que salgo de una clase de metalúrgicos brutos. Algunas llevan las uñas pintadas. Todo me parece muy refinado. El profesor es un pelirrojo con traje y corbata. Nos saluda como si nos hubiéramos visto la noche anterior. Abre un portadocumentos de piel roja y empieza a leer la clase. Habla de *El Cid*, de Corneille. No entiendo ni una palabra de lo que dice con ese tono engolado. Las frases se pierden en un ceceo insoportable. Soy incapaz de tomar apuntes. Envidio al moreno alto que está en la fila de delante y no deja de manchar las páginas. A mi izquierda, dos chicas cuchichean y se ríen. Una de ellas se acaricia el pelo, dejando claro que quiere ser la favorita del profesor. Me pregunto qué hago aquí. Pienso en los árboles enormes de Chamars perdiendo las hojas, en las setas otoñales. Me imagino entre la arboleda con Gaby, bajo las ramas de los avellanos. Me diría que está contento de que haya elegido Besançon porque es la capital del socialismo utópico y de Charles Fourier. Me explicaría la huelga de los relojeros de Lip en 1973, los combates de Jean Josselin, el boxeador proletario besanzonés, campeón de Francia y de Europa de peso welter en los años sesenta. Casi consigue el título mundial en Dallas en 1966. Encontraríamos una alfombra dorada de rebozuelos. Maria se sentaría sobre las rodillas de «su hombre». Yo sentiría despertar el deseo en el bajo vientre.

Doy vueltas con la bandeja por la cantina universitaria. No me atrevo a sentarme con los otros estudiantes.

Deambulo un buen rato hasta encontrar una mesa vacía. El olor a lejía y a sopa de bote me revuelve el estómago. El puré está frío, la carne llena de nervios y la salsa sabe a hueso quemado. Me como el pan seco y un plátano. A partir de ahora comeré en mi atalaya, me alimento casi exclusivamente de pan marroquí de cebada que compro en un colmado árabe de la rue Battant. Lo como empapado de un aceite de oliva oscuro maravilloso. También como tostadas con harissa: no hay nada mejor que la guindilla para subir el estado de ánimo. Tengo un bol con almendras en mi escritorio del que voy picoteando mientras intento descifrar *El Cid*. Con Corneille me da la impresión de estar aprendiendo una lengua extranjera. No consigo atribuir sentido ni emoción a sus palabras. Si mis colegas del taller me vieran, me dirían que estoy «pintando la mona».

Una tarde de octubre desembarcó en el aula magna un tipo larguirucho con la nariz aguileña y una capa negra. Paseó las greñas rizadas por todas las filas. Se sentó en la mesa del profesor y nos dejó fascinados durante dos horas sin leer una sola nota. Nos dijo que la universidad estaba enferma, y que solo producía licenciados que repetían como loros las clases de sus profesores. Nos advirtió que él no se conformaría con eso, que estábamos aquí para aprender a escribir y a pensar libremente. Me dejó estupefacto. Me tranquilizó saber que Gaby piensa lo mismo que él y que también podría haber sido, en otra vida, profesor de literatura comparada. Metí dentro de *Bocuse dans votre cuisine* la lista de libros recomendados: *Sueño de una noche de verano*; *A contrapelo,* de Huysmans; textos románticos alemanes y de Fassbinder. Es el único profesor que no nos recomienda que leamos sus libros. Me recuerda a ti: ni cuaderno de recetas ni fotocopias, solo la mirada y el oído que os siguen como un hilo de Ariadna.

El día de Todos los Santos me decido a hacerlo. Es un día frío. Me tomo un café debajo de mi habitación. El cuscús que se cuece en la cocina empaña los azulejos. El propietario me da almendras y dátiles, tengo un buen catarro. El radiador viejo que estaba al pie de mi cama ha muerto, y he dormido con todos los jerséis encima. Le había prometido a mi padre que iría el 1 de noviembre, pero voy retrasando una y otra vez el momento del reencuentro. Mi vida cambió cuando subí al tren. Cuando lo llamo por teléfono utilizo la moneda de un franco en lugar de la de cinco porque no sé qué contarle. Aunque tengo más dinero, nunca vuelvo a llamar cuando se corta, y lo dejo con sus interminables preguntas en la boca. ¿Comes bien? ¿Pasas frío? ¿Es difícil lo que estudias? Me gustaría gritarle: «¡Déjame en paz, no eres mi madre!».

Una multitud lúgubre se dirige hacia la misa de Todos los Santos en la iglesia de Sainte-Madeleine. Cruzo el río Doubs, que ha crecido con las lluvias de otoño. Rebusco en los bolsillos para comprarme un paquete de tabaco. No necesito un plano para ubicarme. Sé dónde está su calle, aunque haya decidido no pasar por ahí hasta ahora. Me hago una película de cómo es su barrio, la panadería, la carnicería, la floristería a las que va habitualmente. El estanco en el que tal vez siga comprando *Le Monde* y sus Royale mentolados. Subo la calle de adoquines relucientes y me imagino sus botas de amazona marrones, su abrigo *beige* y el *foulard* con el que ilumina su melena oscura. Cuanto más me acerco a su casa, más me pego a la pared. Tengo miedo de encontrármela, así que me acerco a los portones para poder esconderme si aparece.

En la dirección que tengo hay un portón cerrado y paredes altas repletas de parra virgen. Retrocedo un poco para ver las dimensiones de la fachada y deduzco que es uno de esos palacetes del casco antiguo de Besançon. Empujo la puerta, pero está cerrada. En la chambrana hay una fila de campanillas de bronce en las que está grabado el nombre que aparecía en el listín telefónico. Rozo el timbre, aunque sé que no voy a llamar. Decido dar una vuelta por el barrio, me siento en las escaleras del templete de la place Granvelle. Un sol pálido amarillea los árboles desnudos. Saco *Les Égarements du coeur et de l'esprit* de Crébillon hijo del bolsillo e intento leerlo. Señal mágica una vez más: me doy diez páginas antes de volver a su portal. Una voz de niño me sobresalta. ¿Y si viene a pasear con su hijo por aquí? Corro a esconderme detrás de un tronco. Una niña me adelanta seguida de una joven rubia. La campana de una iglesia toca las once, termino un capítulo de Crébillon. Aprieto los puños dentro de los bolsillos y camino a grandes zancadas. El portal abierto da sobre un patio adoquinado adornado con bojes dentro de macetas. Las ventanas altas recorren las tres alas de la casa. Delante de la puerta hay una berlina alemana aparcada.

Entro en el patio con una mezcla de miedo y furor. Soy el paracaidista de *El día más largo* saltando sobre Normandía el 6 de junio de 1944. Solo puedo triunfar o salir derrotado. Me quedo de pie en medio del patio. Podría gritar, pero confío en que el *mektoub* hará su parte. Miro fijamente la magnífica puerta de roble tallado. Y me pongo a imaginar. Se abre, Hélène saca la cabeza y abre los ojos de par en par: «¿Eres tú, Julien?». Me sonríe y dice: «Entra». Yo no me muevo. Ella se acerca, reconozco su perfume, me abraza. Victoria. La derrota es la puerta que se entreabre y un desconocido pregunta: «¿Qué desea jovencito?». Yo me cago encima, farfullo una excusa y me marcho.

Las campanas tocan las doce. Examino las ventanas y las cortinas. No se mueve nada. Hasta que se oyen pasos y voces en la escalera. Doy media vuelta y me escondo en la esquina de la calle. Oigo el motor de la berlina y las puertas que se cierran. Veo al conductor, un hombre con la cara delgada y las gafas doradas. Atisbo una sombra al lado de él, la llama de un mechero y, en la parte de atrás, dos niños. Me voy. No hay victoria ni derrota.

4

Hay un *foie gras* con judías verdes para la cuatro. Coloco minuciosamente las judías en el plato, añado las hojas de perejil y lo dejo delante del segundo de cocina que pasa el *foie gras* por la sartén. Vuelvo a mi puesto para preparar los rábanos y noto un empujón en la espalda. Es el segundo, que me pasa el plato. Tiene una mata de pelo debajo de la nariz que le da un aire prepotente. «¿Así has aprendido a cortar las judías?». Lavo los rábanos con agua helada; me estoy congelando las manos. Otro empujón: «No estamos en tu restaurantucho de pueblerinos, aquí cocinamos, no alimentamos a paletos». Lo que hay en el plato vuela hasta la basura. Me dice al oído: «Las judías las cortas a lo largo, deprisa, o te reviento». Pongo la tabla de cortar delante de mí y empiezo con un puñado de judías verdes. Escucho cómo el segundo le dice al chef: «Viene del culo del mundo y quiere jugar en primera división». El chef no dice nada. Está en su mundo, como siempre. Cuando me contrató para hacer extras solo me preguntó: «¿Estás seguro de que quieres hacer este trabajo?». No le dije que era estudiante. Me intimidaban la decoración y los bancos de terciopelo rojo, la carpintería oscura, el mármol y la infinidad de espejos. Me tendió una mano flácida, la entrevista lo aburría. No me miraba, supervisaba la disposición de la sala. Era la primera vez que veía a un camarero planchando un mantel encima de la mesa. Otro pulía los cubiertos con vinagre blanco. El chef se miraba las uñas mientras me hablaba de la *nouvelle cuisine*, de las salsas aligeradas, de las cocciones rápidas, de las verduras que van directas del huerto al plato.

Habla continuamente de la guía Gault & Millau. Le hicieron una buena reseña el año pasado. La Michelin es otra cosa, es su obsesión silenciosa, es un tabú en la cocina. Desde el día en que el chef espera su estrella, teme y odia la guía roja a partes iguales. Si entra un cliente desconocido con pinta de experto, empieza el zafarrancho. El chef lo quiere ver y controlar todo. Él mismo coloca los canapés en el plato, e interroga sin cesar al jefe de sala que se ocupa de esa mesa VIP. ¿Ha leído la carta con detenimiento? ¿Ha solicitado más detalles? ¿Ha dudado en elegir un plato u otro? ¿Por qué ha escogido el menú normal en lugar del menú degustación? ¿Le han explicado bien la carta de vinos? ¿Cuál ha escogido por copas? A veces el chef lo mira disimuladamente de reojo desde una esquina del bar. Cree que no es la primera vez que lo ve. O no. Pide la opinión de los camareros, que no saben qué decir. En la cocina se cuida al presunto inspector. Pide un pavé de lucioperca con jugo de carne y es el segundo quien inspecciona su trozo de pescado, pinzas de depilar en mano, en busca de una espina perdida. Hay que volver a cortar el limón por si los dientes no han quedado completamente iguales. El chef comprueba cien veces el punto de cocción de los medallones de *filet mignon*. Le grita a un aprendiz que ha dejado un trocito de piel en un haba. El jefe de sala viene a pasar el parte. Tiene que describir la cara del cliente cuando ha visto el plato, si se ha dejado algo, si ha hecho algún comentario. Le habrán recordado, claro está, que todo es casero, y que el restaurante es conocido por su *nougat* helado con *coulis* de frambuesa, ¿no? ¿Ha preferido la macedonia de frutas? Qué extraño para un crítico gastronómico. «No os olvidéis de ponerle los *macarons* con el postre. Yo voy a dar una vuelta por la sala y le saludaré como si nada», dice el chef. Se cambia el delantal y los zapatos. Entra en escena, habla con los de siempre y pide que sirvan dos aperitivos a los que están esperando la mesa, se dirige hacia el cliente misterioso con el jefe de sala totalmente desconcertado: «Bravo, chef, justo le estaba diciendo que volveré a su restaurante para mi próxima reunión con el alcalde». Nada que ver con el muñeco de Michelin. «No es él», resopla un aprendiz de camarero a uno de sus compañeros de la cocina.

El chef y su segundo nos hacen pagar muy caros los días como este. Nos podemos olvidar de la pausa de la tarde. Nos tienen mondando y preparando montañas de tupinambos, espinacas, pelando tomate, elaborando fondos y caldos. El segundo siempre encuentra una excusa para gritar a los aprendices, darles puñetazos en el brazo y tirarles de las orejas. Los chicos están agotados, desnutridos. No hay comida para el personal. Comemos lo que ya no se puede servir en el restaurante, comida que está al límite de lo comestible. Tengo hambre. Una noche picoteo de un plato que vuelve a la cocina sin que apenas lo hayan tocado. El segundo empieza a gritar que soy un gorrón. No protesto. El cansancio me puede. Solo quiero terminar lo antes posible, porque al llegar a casa tengo que ponerme a estudiar. Pero el servicio se eterniza. Después todavía tendremos que aguantar al chef sermoneando a los aprendices que se caen de sueño. Les dirá que es un «privilegio que les den comida y alojamiento». Pero en realidad no les dan de comer y duermen en una ratonera en las mansardas. He visto a uno llorar varias veces. Un lunes por la mañana ya no volvió. «De todos modos, no servía para esto», dijo el chef.

Si bien su segundo me parece un auténtico sádico, no termino de tener una opinión definida sobre el chef. Una mañana que me peleaba con un costillar de cordero llegó con su cuchillo para deshuesar y me enseñó cómo quitar la carne de la parte de arriba de las costillas para dejarlas a la vista. Me contó que con catorce años trabajó en un matadero de los Vosgos antes de empezar como aprendiz de cocina. Al ver cómo raspaba los huesos del costillar para que no cogieran color durante la cocción entendí que era alguien con una obsesión enfermiza por la perfección, atrapado en una vida sin mujer, sin hijos, en la que solo le importaba el servicio. El resto del mundo daba igual.

Eres como él. A menudo me he preguntado si Hélène se marchó porque estaba harta de verte siempre entre cacerolas. No es casualidad que todavía no haya contactado con ella, ni el día de la cabina ni el de su puerta. Me da mucho miedo que te machaque, aunque no me la imagino echándote la culpa. Los hechos, solo los hechos deberían ser suficiente. Me acuerdo de lo que decía Gaby: «Y además, estaba loca por tu padre».

Cuando no estoy en la cocina me esfuerzo en seguir el curso de la rue Megevand. A veces empalmo las clases con la salida del restaurante. «Huele a comida», me dice el de al lado. Sonrío recordando la frase de Corinne. Ya he renunciado definitivamente a entender a Corneille, pero soy asiduo a los cursos de literatura comparada. El de las greñas con nariz de pájaro ha comprendido que no soy el típico que frecuenta las fiestas de medicina y de derecho.

—¿Qué se ha hecho en las manos? —me preguntó un día que me había quemado. Le respondí que me lo había hecho arreglando la moto, que obviamente no tenía.

—¿Qué moto tiene?

—Una Honda, la XT 500 —mentí evocando mis años de instituto.

—Japonesa —insistió—. Yo soy más de inglesas: Norton, Triumph.

Cuando no miento, intento enmascarar mis carencias. Tres años de formación técnica han abierto un abismo entre los literatos y yo. Me gustan mucho las palabras, pero se me escapan como las truchas que pescaba a mano con Gaby. Cuando no sé o no entiendo algo, finjo que lo tengo controlado. Pero hay veces que el funambulista se cae. Expongo un trabajo sobre Shakespeare. Hablo detenidamente de la muerte imaginaria y simbólica de un personaje y termino aliviado. Nariz de pájaro lleva la capa negra, parece un cuervo posado en un árbol en medio del campo. Se gira hacia mis compañeros y les pregunta:

—¿Y bien? ¿Qué les ha parecido?

Silencio en el anfiteatro, algunas voces murmuran: «Ha estado bien».

—Yo solo tengo una pregunta —dice—. Usted habla de muerte imaginaria, simbólica. ¿Por qué no solamente uno de estos epítetos? ¿Cuál cree que es la diferencia entre las dos?

Balbuceo frases sin pies ni cabeza. Deja que me hunda, burlón, para salvarme *in extremis*.

—Sería más adecuado hablar de una muerte imaginaria. ¿No le parece?

Asiento con la misma celeridad con la que lo haría un detenido a quien le acaban de pagar la fianza.

—Entonces, perfecto, ha estado muy bien.

No estoy acostumbrado a los cumplidos. En la cocina siempre me han dicho que «cocinamos para el cliente, no para disfrutar». Subo la escalera del anfiteatro. Nariz de pájaro me llama de nuevo:

—No debería perder los nervios. Son solo palabras y papeles. Estoy seguro de que está más tranquilo en la cocina.

Me ha pillado.

—Aquí todo se sabe. Sobre todo cuando saca la basura del restaurante.

Subimos las escaleras juntos. Antes de llegar a las puertas abatibles me dice:

—Respeto mucho a la gente que trabaja con las manos.

Una noche ayudo a los aprendices a recoger sus puestos para que acaben antes. El servicio ha terminado. El chef se ha ido. El lavaplatos ya ha fregado el suelo. Es un kurdo que acaba de llegar a Francia. Se llama Agrîn y lo han contratado esta mañana. Le pagarán en efectivo al terminar el día. El segundo acosa todavía mucho más a estos trabajadores clandestinos. Una vez dice que una sartén está sucia, otra que lava los platos muy despacio. Hoy está especialmente desagradable con el lavaplatos, que se ha rebelado porque quería hacerle limpiar dos veces la misma cacerola. El segundo está decidido a vengarse. Acaba de tirar a propósito un poco de jugo de carne en el suelo recién fregado. Haciéndose el graciosillo dice que lo ha hecho sin querer y ordena a Agrîn que friegue de nuevo. El lavaplatos responde con tranquilidad «no», una de las pocas palabras que sabe en francés. «¡Te he dicho que limpies o estás despedido!». Se levanta, coge la bayeta del fregadero lleno de agua grasienta y la tira a los pies del lavaplatos, que permanece impasible. «Limpia». Agrîn cruza los brazos. «Escúchame bien, rata inmunda, o limpias tu mierda o te pateo el culo». El lavaplatos esboza una sonrisa y le lanza lo que debe de ser un insulto en kurdo. El otro se abalanza sobre él y yo me pongo en medio justo a tiempo. El segundo se estampa contra mis pies, sorprendido y todavía más enfadado. «Así que tú también defiendes a la chusma. Quita de en medio, que le voy a meter una». A mi espalda, Agrîn se pone nervioso: «No, no». «¡No te metas en esto intelectual!». El segundo me llama «el intelectual» desde que me vio leyendo al lado del cuarto de la basura. Hace como si diera un cabezazo hacia donde está el lavaplatos y yo lo paro. Vuelve a la carga y le doy una patada. Resbala sobre el suelo mojado y me dice con un grito sordo: «No eres más que el pinche de un bar de putas. Como tu padre». Oigo las palabras de Gaby: «El que

5

Un domingo por la mañana llaman a la puerta de mi habitación. Tengo una resaca tremenda. Demasiadas cervezas con Agrîn y algunos mohicanos de la universidad que brindaron por el Partido de los Trabajadores de Kurdistán y por La Liga Comunista Revolucionaria. Te abro, con el torso desnudo y rascándome la barba. Me miras de arriba abajo con una bolsa de *croissants* en la mano. «¿Tengo que coger la carretera para verte?». Bostezo para disimular mi incomodidad. «¿No me vas a invitar a entrar?». Eres el primero en visitar mi atalaya. Tiro torpemente del edredón y te invito a sentarte sobre la única silla que tengo. «¿Tienes café?». Te señalo el bote de café soluble que está al lado de mi cepillo de dientes y abro el agua caliente. Te decepciona ver tanta precariedad. «Me lo tendrías que haber dicho y te habría traído una cafetera eléctrica». Solo tengo una taza para dos, así que la compartimos mojando el *croissant*. Examinas cada rincón, te detienes en los libros que llenan mi escritorio y en las notas que tengo clavadas con chinchetas sobre el papel pintado de la pared.

—Me lo tendrías que haber dicho y te habría dado más dinero.

—¿Para qué?

—Para encontrarte un sitio más grande.

—No es un tema de tamaño, aquí estoy bien.

—¿Y cómo lo haces con la comida?

—Me las apaño, no paso hambre.

No pareces muy convencido. Abro con orgullo tu viejo bote de tabaco en el que guardo mis ahorros.

—Mira, tengo de sobra.

—¿Pero no gastas nada de lo que te paso todos los meses?

—Me gano la vida haciendo extras.

Si te hubiera dado un navajazo no te habría dolido tanto.

—¿Sigues con este cuento de la cocina?

—No es ningún cuento, es mi vida. Como los libros —añado.

Te cubres la cabeza con las manos.

—¡Por el amor de Dios! ¿Quién te ha metido en la cabeza esta maldita obsesión?

—Yo solo, viéndote trabajar.

—Pero ya te he dicho que esto no es un trabajo.

Señalas los libros.

—¿Y todo esto para qué sirve?

—Para descubrir el mundo. Soy consciente de la oportunidad que me das dejándome estudiar.

—Pues estudia. No pierdas el tiempo con fantasías. Hazte profesor.

—Pero no pierdo el tiempo. Quiero leer, escribir y cocinar.

Te masajeas las sienes con la cabeza baja.

—Entonces, ven a ayudarme cuando tengas vacaciones.

—Claro, pero no es suficiente, papá. Tengo que aprender cosas nuevas. Te lo vuelvo a repetir: quiero estudiar y cocinar.

—¡Pero demonios, cuando tenía tu edad no me quedaba más remedio que trabajar en un obrador porque apenas sabía escribir mi nombre!

—Precisamente por eso quiero que te sientas orgulloso de tu profesión a través de mí.

—¿Eh? ¿Joderse quince horas al día en una cocina por unos gilipollas que vienen a comer y a cagar a tu casa? ¿Crees que eso es un trabajo?

—Quizá si le hubieras dedicado más tiempo a Hélène, si ella todavía estuviera con nosotros, verías las cosas de otra manera.

Acabo de apretar el botón de guerra nuclear. Lo sé, pero creo que no me queda mucho que perder. Llevamos demasiado tiempo sin entendernos. Te levantas de la silla y me coges por el cuello. Creo que me vas a pegar. Me sacudes con fuerza.

—No vuelvas a hablar de esa nunca más. ¿Me oyes? Nunca más.

Eres incapaz de pronunciar el nombre de Hélène. Si supiera, a solo un centenar de metros de aquí, en qué estado te pones con solo pronunciar su nombre. Te miro, estás rojo, mal vestido con tu jersey de rombos y el pantalón arrugado encima de los zapatos, sentado encima de la cama de mi lata de sardinas. Hélène debe de estar desayunando, corrigiendo exámenes en su palacete o emperifollándose antes de subir en su coche alemán.

La lluvia repiquetea sobre el tragaluz. Enciendes un Gitanes, odias los tiempos muertos.

—Y entonces, ¿cuál es el plan?

—Me saco la diplomatura de letras y hago extras.

Le das una calada enorme al cigarro.

—Pues se acabó, te corto el grifo.

Es irrevocable. Das un portazo y el póster de Led Zeppelin se cae al suelo. Te has dejado el tabaco. Me enciendo un cigarro y me vuelvo a acostar. Eres un auténtico cabeza de chorlito, en palabras de Gaby. En el fondo siento un poso de tristeza.

6

Encuentro trabajo con Amar. Ha cogido un restaurante pequeñito en la parte alta de la rue Battant. Estaba buscando a alguien que le echara una mano. Nos conocimos en la parte de arriba de su diminuta cocina, en la que Agrîn rápidamente se ha hecho un sitio como lavaplatos. Amar me dio un delantal de ayudante como si ya estuviera contratado. «¿Conoces la mulujía?», me preguntó. Obviamente, yo no tenía ni idea. «Es un plato para los días festivos, como el primer día de primavera». Me enseñó un polvo verde claro: «Es polvo de mulujía, una planta que crece al pie de las palmeras. Con este polvo hacemos la salsa». Había cortado un trozo grande de espaldilla de ternera, no sin antes acariciar la pata larga y granate. «Bonito, ¿eh?». Un hombre que apreciaba la espaldilla como me había enseñado mi padre no podía ser malo. Había untado la carne con ajo y un polvo precioso color tierra Siena. «Es bsar, una mezcla de especias que hace mi madre. Pone canela, semilla de alcaravea, hinojo», me explicaba Amar mientras añadía guindilla d'Espelette, aceite de oliva y tomate concentrado para hacer una pasta de un aroma muy potente que se coloca en torno a la espaldilla.

Amar me había contado cómo fue su juventud al otro lado del Mediterráneo: su madre lavando las especias en un tamiz hecho de palmera, cocinando mulujía. «Repito lo que hacía ella. Me he pasado toda mi infancia mirando cómo cocinaba. Yo hacía la compra, iba a comprar pescado al puerto, llevaba la cúrcuma al molinero del barrio para que la moliera». Su padre se marchó del pueblo para ir a trabajar a una fundición en Francia. Me acordé de los soldaditos del taylorismo, de esos «tarugos» que mi profesor de bachillerato despreciaba tanto. «Cuando se iba a trabajar a Francia, mi padre me decía: "Ahora eres tú el padre de tus hermanos, no puedes ir borracho por la calle"». Amar leía las cartas que su padre escribía a su madre. El hijo soñaba con la vida de su padre cuando seguía las etapas del Tour de Francia, y al descubrir los paisajes y los productos regionales. Amar es todo un experto en geografía y quesos. Antes de cruzar el Mediterráneo y llegar de madrugada a la estación de Viotte, Amar había trabajado en mil sitios distintos.

Había vertido el polvo de mulujía en el aceite de oliva caliente y el color había cambiado hacia un verde botella. Puso los trozos de espaldilla que había cocinado a fuego lento con hierbas aromáticas y champiñones.

Abro la puerta a un mundo que me fascina, el de las especias. Con mi padre solo conocí la pimienta, el clavo, la nuez moscada, la canela y el jengibre. Amar me descubre el cardamomo de su arroz con leche, la cúrcuma de sus albóndigas de ternera, la canela del sirope de cítricos, el anís estrellado de los riñones de ternera. Antes de contarme sus primeros pasos en el mundo de la cocina quiso que probara su sopa de sepia. «Se fundirá en la boca. Pero le faltan un poco de ajo y de apio». Había empezado lavando platos, y después un chef lo acogió bajo su ala. Había aprendido una mezcla de cocina burguesa y de taberna donde el conejo a la mostaza convivía con el lenguado *meunière* y los crepes Suzette. Cuando su mentor se jubiló, Amar se encontró al mando de la cocina.

La mulujía ya está lista, brillante como un mar de tinta negra. Amar había colocado con delicadeza tres hojas de laurel sobre un trozo de espaldilla color cacao. La carne está muy tierna; la salsa, sedosa como un ganache, con un tono verde suave. La comemos con un poco de pan.

Con Amar aprendo que la cocina puede ser una encrucijada entre todos los caminos. Me pide que cocine la *sacucisse de Morteau en cassoulet* con las especias de su madre; me muestra cómo preparar el cuscús para acompañar al *boeuf bourguignon*, y me enseña su receta de pastela de pato a la naranja.

Cuando me pongo el delantal de ayudante nunca sé si voy a asistir a una clase práctica sobre su agua de azahar o a su interpretación de las patatas a la cazuela que colorea con un toque de cúrcuma y que parece salida de la gastronomía de los Vosgos. Para él, la especia no es algo banal, cuenta la historia de los hombres que viven entre la rue Battant y el otro lado del Mediterráneo. Amar se ríe de los que todavía no han entendido nada: «Cuando estoy en el pueblo me dicen: "haces pizzas", y cuando estoy aquí me dicen: "haces cuscús"». Agrîn dice que Amar es como una higuera: que crece y se expande sin renegar jamás de sus raíces.

Los domingos, el restaurante de Amar se convierte en un caravasar en el que los clientes de siempre y los transeúntes se mezclan para tomar un café sin prisas, una copa de chardonnay y un poco de embutido. Leen *L'Est républicain*, comentan el partido del FC Sochaux, coquetean a la espera de dormir una siesta placentera. Amar es como el trovador de la rue Battant. A veces nos deja cocinar a mí y a Agîr, y entonces damos rienda suelta a nuestra imaginación desenfrenada. Todos los domingos repito mi ineludible tortilla de patata con cebolla tierna, cilantro o pimiento, según lo que haya en la despensa. Agîr prepara su famoso caviar de berenjenas y pepinos con yogur. Yo también preparo dolmas, esas hojas de parra rellenas de arroz que te gustarán tanto cuando estés enfermo.

Esta mañana me dispongo a hacer un arroz pilaf que pretendo servir en una fuente grande colocada en medio de la mesa. Hay que reconocer que durante mucho tiempo, para mí el arroz ha sido un mazacote que acompañaba obligatoriamente al estofado de ternera y al pescado de los viernes. Hemos tenido conversaciones interminables sobre la cocción de la pasta, el arroz y las verduras. Tú venías de una escuela en la que había que hacer rugir los hornos, aunque esto supusiera servir la comida húmeda y sin forma. Cuando empecé a cocinar las judías al dente me preguntaste si quería autoboicotearme. Me sermoneaste: «Esto son modas». Pero la curiosidad te pudo. Recuerdo lo mucho que protestaste al probar mi arroz pilaf: «Está crudo». Pero luego me lo pedías: «¿Nos haces tu arroz?». Me encanta cuando el arroz se pone a canturrear en la mantequilla de la sartén. Desprende un aroma de avellana tostada a medida que se va dorando. Me gusta escuchar cómo se estremece con los cucharones de caldo antes de murmurar suavemente absorbiendo todo el líquido. Estoy rehogando piñones y pasas para ponerlos en el arroz cuando Amar me llama: «Alguien ha venido a verte».

Reconozco la silueta de Gaby. Lleva una chaqueta de camuflaje inglesa que despierta la curiosidad de los comensales. Lleva el pelo y la barba blanca más largos. Me guiña el ojo mientras se acerca con una caja:

—Toma, guárdalo. Servicio a domicilio: son espárragos silvestres recogidos en mis lugares secretos. Y no vamos a decir dónde están.

Le ofrezco un café. Se lía un cigarro. No sabe de prohibiciones, y menos todavía la de no fumar en un bistrot. No parece que tenga prisa.

—¿Te quedas a comer?

Duda.

—Vale, pero algo rápido; no le he dicho a Maria a dónde iba.

Salteo un buen puñado de espárragos silvestres y los pongo en el arroz. Sirvo dos platos grandes.

—¿Quieres comer fuera? Hace bueno —propone.

Nos sentamos en un banco de la plaza, delante del restaurante. Gaby juguetea con la cuchara mientras yo empiezo a comer. Sé que no ha venido solamente a compartir su botín. Me mira muy serio:

—Tu padre está enfermo.

Gaby no es parco en palabras, sobre todo cuando está

de broma, pero cuando se trata de algo importante habla con frases cortas. No espera a que le conteste.

—Cáncer de pulmón. Pueden extirparle un trozo, pero no quiere.

Mastica muy despacio.

—¿Cuánto tiempo hace que lo sabes?

Parece incómodo.

—Hace tiempo, pero tu padre no quería que te lo dijéramos.

—¿Y por qué no se quiere operar?

—Dice que no quiere sentir que es un inválido. Que de todas formas está jodido, que todo está jodido.

—Típico de él. Siempre ha querido decidirlo todo.

—No cree a los médicos cuando le dicen que tiene muchas probabilidades de superarlo. Y, además, el restaurante no funciona demasiado bien.

—¿Qué quieres decir?

—Tu padre ha envejecido. Mi hermanito no puede encargarse de todo. Y, además, yo creo que la competencia se lo está cargando. Ahora mucha gente prefiere ir a las cafeterías del centro comercial a comer a mediodía.

—¿Habla de mí?

—Dice que tú ya estás encarrilado, que con tus estudios te ganarás bien la vida.

—¿Y lo mío con la cocina? ¿Sigue sin querer oír hablar de eso?

Gaby suspira. Deja la cuchara y me rodea el hombro con el brazo.

—Tienes que ir a verlo, chico. Tenéis que hablar.

—¿Crees que es fácil?

—No hagas la misma tontería que nosotros. Nuestros padres estaban destrozados por la Guerra del 14. Volvieron lisiados, alcoholizados, mudos. Hablad, por Dios.

—¿Quién sabe lo del cáncer?

—Yo, Maria, Lucien, Nicole.

—Toda la familia, ¿y Hélène?

Gabriel frunce el ceño como si acabara de decirle un disparate.

—¿Hélène?

—Sí, Hélène. Compartió su vida, mi vida.

—Pero nadie sabe dónde está.

—Yo sí lo sé.

Me da la sensación de que Gaby se está mareando con nuestra conversación, sobre todo cuando digo: «Hablaré con ella».

Acompaño a Gaby hasta su 4L. Me he liado un cigarro con su tabaco, Scaferlati.

—¿Vendrás a verlo?

—Cuando haya visto a Hélène.

Todo se precipita, como en las películas de mi infancia, en las que podíamos acelerar las imágenes girando la manivela del proyector con rapidez. Me tomo un chupito de boukha y marco el número de Hélène. Una voz masculina al aparato.

—Disculpe que le moleste ¿podría hablar con Hélène?

—Se la paso.

—¿Hola?

—Hola, soy Julien.

Oigo voces de niños. Hélène dice:

—Cierra la puerta, por favor.

7

Estoy sentado a la orilla del Doubs. Lanzo piedras que rebotan en el agua para que pase el tiempo. Señal mágica: llegará cuando la piedra rebote tres veces. Me tiemblan las manos. Lo primero que he visto han sido sus tenis, aunque yo la había imaginado con botas de amazona. Lleva un vaquero gastado y un jersey a rayas. El pelo recogido en una cola de caballo. Me parece que está muy morena. Me levanto y subo la ribera. Reconozco su perfume cuando me abraza. Esboza una sonrisa forzada por la emoción. No sé qué decir, no me sale más que un torpe: «¿Adónde vamos?». Dice: «¿Te parece bien que demos un paseo». Me parece bien.

Está lleno de junquillos que sobresalen del césped. Los observo muy turbado. Sé que ella lo sabe. Me pregunta hábilmente por los estudios. Hablamos de Goldoni, que me encanta; de Robbe-Grillet, que me intriga; de Gracq, cuyas ediciones en Corti me fascinan. Adopta un aire divertido.

—A tu profesor de literatura comparada le caes muy bien.

—¿Cómo lo sabe?

—Es un amigo mío.

—¿Pero cómo sabía que iba a sus clases?

Se oye el ruido del agua que corre sobre un montón de piedras, las flores de los sauces vuelan. Me mira con dulzura. Las palabras están cargadas de un cariño evidente. Como cuando el greñas con nariz de pájaro nos habla de la vida a través de Shakespeare.

—Siempre has estado conmigo, Julien, todos estos años. Aunque me casara y tuviera hijos, siempre has estado ahí. El mundo es pequeño, y yo mantuve el contacto con algunos de tus profesores del colegio y del instituto. Me hablaban de ti.

—¿Y cómo consiguió pasarme el número de teléfono?

—A través de tu profesora de francés. Estaba convencida de que ibas a estudiar Literatura.

Noto cómo mi rabia va en aumento.

—¿Me ha estado espiando todo este tiempo mientras estábamos jodidos?

—No ha sido así exactamente.

—¿Fue usted la que se marchó?

Estoy centrado en el cigarrillo que me estoy liando, pero noto su silencio incómodo.

—¿Me lías uno por favor?

—Es fuerte.

—¿Tanto como el Gitanes de tu padre?

—Tiene cáncer de pulmón. Eso ha hecho que me decida a verla. No quiere curarse.

Hélène ha girado la cabeza bruscamente hacia el Doubs. Da una gran calada y habla con una voz monótona.

—Cuando conocí a tu padre no fue lo que se dice un flechazo. Pero al verlo solo contigo empecé a quererlo. Mucho. Yo, que venía de un ambiente burgués, enseguida me sentí a gusto con vosotros. Quería a tu padre por quién era. Amaba sus manos ajadas por la cocina. Nunca me han gustado tanto las manos de un hombre. Amaba su conocimiento del oficio, pero también su ignorancia. Me conmovían las preguntas que me hacía cuando hablaba de un libro o de un autor. Cuando no sabía algo no fingía, como el resto de la gente.

—Pero entonces, ¿por qué se separaron?

Hélène me mira con tristeza.

—Yo quería casarme. No tanto por romanticismo como por mi deseo de adoptarte. Pero tu padre no quería. Yo intenté ir poco a poco para no presionarlo. Pero él seguía encerrado en el duelo de tu madre. Al principio, cuando me llamabas mamá, yo notaba que estaba feliz y apenado al mismo tiempo. Un día me dijo: «Has vuelto a traer luz a mi vida». Pero creo que nunca ha conseguido salir de las sombras.

—¿Por mi madre?

—Sin duda, pero no solo por eso. Me quiso mucho, pero había una oscuridad en él que venía de muy lejos. Su infancia en el Morvan, Argelia… Aunque nunca hablara de ello.

—¿Por qué no tuvieron hijos?

—Él no quería. Solo había sitio para ti.

—Yo era su cruz.

—No digas eso. Te quiere más que a nada.

—Sí, pero me quiere mal.

—Cada uno quiere como puede. Ser padre es el trabajo más difícil que hay.

Hélène se aleja en la tarde entre los grandes árboles de
Chamars. Antes de despedirnos, me abraza y susurra:

—Si supieras lo mucho que te he echado de menos.

8

Es un domingo de otoño. Estamos sentados a la orilla del río. Tú estás recostado en un árbol. Te he colocado un cojín en la espalda y una manta sobre la hierba. No te quejas. La metástasis avanza por tu cuerpo. Los médicos solo te pueden ofrecer cuidados paliativos, así los llaman. Comes una patata con un vaso de *côtes-du-rhône*. He comprado un pollo asado.

—¿Qué prefieres, papá?

—¡Como si no lo supieras!

—Las dos alas y la rabadilla entonces.

—Con un ala es suficiente.

He estado a punto de decirte: «Tienes que comer». Es una estupidez. La carne del pollo está seca e insípida.

—Hemos comido pollos mejores, ¿eh?

Mordisqueas el ala. Guardas los huesos en la bolsa de papel y coges una pera. La pelas y la cortas con tu cuchillo Pradel.

—¿Quieres un trozo?

—Sí, por favor.

—Es una buena fruta, la pera. Te durará todo el invierno.

Miras más allá del río y añades: «Cuando te dediques a la cocina».

Doy un buen trago de vino que me inunda el corazón. Soy incapaz de responderte. La emoción no me deja hablar. Aunque no me miras, lo sabes. Navegas entre el silencio.

—Allí abajo, siguiendo el río, hay una nutria. ¿Sabes que la nutria guisada o en terrina es muy sabrosa?

Me hablas de la nutria mientras sacudes mi vida de arriba abajo.

—Tírame esta carcasa al agua, anda, los peces estarán contentos.

Obedezco como un crío.

—Y cuando hagas pollo al horno, siempre dentro de la cazuela de hierro. Con un limón en el culo. Lo más importante es regarlo bien con su jugo.

Muerdes un trozo de pera mientras levantas los hombros.

—No sé por qué te digo todo esto, la verdad; me has visto hacerlo muchas veces, ¿eh?

Me levanto de golpe. Siento rabia y tengo la cara llena de lágrimas. Quiero gritar: «¿Pero qué voy a hacer cuando no estés?». Sé que tu muerte está cerca; la ausencia, el ruido de las cacerolas a las siete de la mañana nunca volverá a ser el mismo. El café sin ti. Mondar sin ti. Las cebollas dorándose en la cazuela sin ti. La terrina sin ti. La hora punta sin ti gritando: «¡Cuidado, las patatas se pegan!». No volveremos a probar la cabeza de jabalí juntos antes de tu último cigarro.

Recorro el margen del río a grandes pasos. Una alegría

extraña compensa la rabia. Me acabas de pasar el relevo entre la rabadilla de un pollo malísimo y un paquete de patatas de bolsa. Me pasas el testigo. Y lo haces igual que si me dijeras: «la sal» o «dale la vuelta a la crepe». Me parece una encerrona despiadada. Pero eres tú, y ves un cocinero en mí. Te levantas. Estás en la orilla. Me das la espalda.

—Siéntate, hijo.

Lo peor es que hago todo lo que dices como si fuera un niño.

—¿Te acuerdas de *Tout l'Univers*?

—Sí.

—Te pasabas el día con esos libros, estaba contento de habértelos comprado. Y orgulloso de todo lo que sabías.

Silencio.

—Ahora soy yo el que los lee. Uno detrás de otro. Nunca me parece suficiente. Y pensar que he tenido que esperar a verme así para empezar a aprender. Por eso quería que estudiaras.

—Pero papá, tú tienes oro en las manos.

—El oro de los pobres… Cuando preparas un plato, nadie te ve. Cuando estás jodido en la cocina, nadie te oye. La gente come, ya está.

—Pero vienen al Relais fleuri por lo que haces.

—Por lo que hacía, Julien.

—No es así, la gente sigue viniendo por tu *tête de veau* y tu *bourguignon*. Todos saben que el Relais fleuri eres tú. Si hubieras querido, nos habrían dado una estrella.

Me sonríes.

—No hay grandes chefs, sino grandes restaurantes. El

Relais fleuri no es más que una taberna delante de una estación.

—Como el tres estrellas de los hermanos Troisgros. Cada uno con su plato mítico: ellos, el escalope de salmón a la acedera; tú, el volován.

Te partes de risa.

—Te veo muy seguro.

—¿Es un reproche?

—¡Oh, no, no! Yo era el que dudaba de que pudieras hacer una carrera y al mismo tiempo aprender este oficio de mierda.

—¿Y ahora?

—Tienes los fogones y los libros. Tú eres el experto. Tú decides tu destino. Lo que has aprendido es para siempre.

Enciendo el fuego para calentar el agua. Sirvo el café con el cucharón. La moto de Lulu ronronea en el patio. Miro el reloj: las siete y media. Pelo zanahorias y cebollas para preparar el caldo corto de mollejas de ternera al vermut. Eres mis manos cuando pongo las mollejas en la mantequilla, mis ojos cuando las doro, mi intuición cuando echo el vermut y el caldo. Lucien se sorprende cuando le digo que pruebe.

—Un poco más de pimienta —sugiere.

—¿Por qué mi padre ya no prueba nada cuando cocina?

—Creo que ha perdido el sabor.

—¿Eh?

—Nunca me lo ha dicho, pero cuando tu madre murió, y sobre todo cuando Hélène se fue… me di cuenta de que había un problema.

—¿Y cómo lo hace?

Lulu se muerde los labios como si fuera a decir una tontería.

—Ya lo conoces, siempre ha confiado en la palma de su mano para medir la sal. El resto, lo hace a ojo. Y a veces, entre un plato y otro me dice: «¿Lo has probado, Lulu?».

—¿Y tú lo pruebas?

—Sí, no, hago como que sí. Nunca se equivoca.

Cada tarde, a las seis y media, subo dos platos de sopa que nos comemos juntos. Te encanta la de patata y berros. Me cuentas *La época de los lobos*, de Bernard Clavel, el libro que te estás leyendo ahora y que yo devoré cuando era adolescente. Te fascina que un escritor haya ambientado sus libros en paisajes que te son familiares. Me hablas de la Vieille-Loye, un pueblo en medio del bosque de Chaux al que ibas a recoger setas y a pescar piscardos.

Aunque he puesto un sofá en la cocina, nunca lo usas. Prefieres sentarte en el patio de atrás. Necesitas aire. Ya no hablas nunca de cocina, ni con Lucien ni conmigo. Un día traigo unos hermosos pollos del mercado. Tengo la intención de hacerlos al estilo Gaston Gérard, pero me gustaría pedirte tu versión de esta receta de Dijon que combina el comté con la mostaza. Ni siquiera levantas la mirada del libro. «Estoy seguro de que a tu manera estará bueno». Prefieres hablarme del *Seigneur du fleuve*. Otra vez Clavel. Yo me quedo ahí, como un pasmarote. Ni siquiera reaccionas con los platos nuevos. Pongo en el menú filetes de caballa con salsa de soja y jengibre, y el arroz pilaf que aprendí con Amar. Tengo dudas, ya que los clientes de siempre no vienen al Relais fleuri en busca de exotismo. Lucien parece preocupado cuando me ve llegar con una caja llena de especias y aromatizar el aceite de oliva con comino, anís estrellado y granos de hinojo. Pruebas la caballa, examinas el arroz con los dientes del tenedor. Te observo desde la cocina. Cuando vuelves con el plato estás sonriendo. Has sustituido tu Gitanes por una mousse de chocolate. Como si nada, escrutas mis menús en tu plato pero no dices nada. Vuelves a tus libros y a tus documentales sobre arte.

Me acuerdo de las preguntas que le hacías a Hélène mientras corregía exámenes y preparaba las clases. Al fin puedes saciar tu sed de conocimiento. No sé si has cambiado o si por fin te conozco. Recupero tu técnica y tus consejos cuando utilizo tus «utensilios», como tú dices. Al principio era torpe. Mi palma y mis dedos no encajaban en los mangos y las hojas que solo habían conocido tu mano. Cuando estoy en plena batalla, Lucien nunca me dice: «Tu padre lo haría o lo hacía así», sino: «Deberías hacerlo de esta manera».

Por las noches, al terminar el servicio, empujo tu puerta con delicadeza. Me pides que encienda la lámpara de la mesita. Me preguntas por qué no me convierto en el cocinero de un multimillonario ruso. «Ganarías millones. Podrías transformar el Relais fleuri en Relais & Châteaux». Nos reímos con ganas. Sé que muy en el fondo temes el momento en que vaya a acostarme en la cama en la que dormías, al lado de los fogones. Cada noche que pasa me quedo hasta más tarde. Eres como esos niños que tienen miedo a la oscuridad y te abrazan para que no te vayas cuando están en la cama. Con la morfina, a veces viajas a lugares solitarios desde los que agonizas entre dolorosas pesadillas. Pero cuando amanece de nuevo y recuperas algo de fuerza, me pides que te lleve a caminar un poco. Te meto en el coche, pongo música de Michel Delpech y nos vamos a pasear por el camino de sirga a orillas del canal. Me enseñas un montón de ruinas colonizadas por la hiedra y las zarzas. Me cuentas que antes era un chiringuito al que venías a comer pescado frito y a bailar con mi madre. Un poco antes de Navidad quieres ir al cementerio. Pasamos por la floristería. Compro rosas blancas. Al llegar al coche me dices: «No, estás no, te he dicho rosas de Navidad». Vuelvo a comprar eléboros. Los miras. Como si pensaras que muy pronto florecerán sobre vosotros.

Epílogo

—Tienes sus manos.

—¿Qué le hace pensar eso?

—Las manchas oscuras sobre la piel y las palmas enrojecidas.

—Las quemaduras, los golpes de calor con la cocina y las cazuelas.

—Lo sé.

Bato huevos para una tortilla. Hélène me coge la mano. Dejo que el tenedor caiga entre los huevos.

—Cierra los ojos.

—¿Por qué?

—Escúchame. No tengas miedo.

Siento cómo su mano guía la mía sobre la encimera.

—Mira.

Reconozco la cubierta de piel. Es el cuaderno de recetas. Me giro como si estuvieras detrás de mí. Hélène sonríe.

—Quería que te lo diera cuando todo hubiera terminado. Lo llamé después de vernos. Estuvimos hablando mucho tiempo.

No me atrevo a tocar el cuaderno. En el fondo, siempre

ha estado conmigo. Al negármelo solo conseguiste reforzar mi voluntad de aprender este oficio que te ha costado tanto enseñarme. Bato los huevos de nuevo.

—¿Cómo se lo dio?

—¿Para ti es importante saberlo?

Dejo de batir los huevos.

—No, en realidad no.

Muchas veces me he imaginado que encontraba el cuaderno, y estaba entusiasmado con el trofeo. Hoy estoy tranquilo, dando vueltas a la tortilla en la sartén. Lo abro por las primeras recetas, copiadas por Hélène. Después, la caligrafía, siempre a lápiz, cambia hasta el final. Has anotado todas tus recetas. Desde las *quenelles* gratinadas hasta la mermelada de frambuesas, pasando por el guiso de cordero. Todas están subrayadas. Los ingredientes minuciosamente detallados. Todo, hasta el tiempo de cocción. Incluso has anotado comentarios: «Cuando escojas los cardos, mejor escógelos pequeños y de un color blanco mate».

Te encuentro en cada página. Tu primer Gitanes de la mañana con tu tazón de café; tus cambios de humor silenciosos que solo Lucien era capaz de descifrar; la generosidad que te ha impedido hacerte rico; la humildad para hacerte invisible detrás de tus platos; tu talento para salvar un servicio cuando todo el mundo quería comer a la misma hora o cuando se acababa un plato; la imaginación invisible que te inspiraba una receta cuando no tenías casi nada; tu respeto hacia todos los ingredientes, desde la migaja de pan hasta la morilla; tu perseverancia en cocinar desde las siete de la mañana hasta las once de la noche sin quejarte jamás.

—¿No le dio su lápiz?

—Sí, toma.

Siento el lápiz usado entre los dedos, y escribo en la primera página:

La buena cocina es el recuerdo, Georges Simenon.

Agradecimientos

A Camille de Villeneuve, por su mirada y sus consejos.

A todas las mujeres y hombres, obreros de la transmisión en la cocina o fuera de ella, que me han nutrido durante todos mis reportajes para *Libération*.

«Para viajar lejos no hay mejor nave que un libro.»

EMILY DICKINSON

Gracias por tu lectura de este libro.

En **penguinlibros.club** encontrarás las mejores
recomendaciones de lectura.

Únete a nuestra comunidad y viaja con nosotros.

penguinlibros.club

Este libro se terminó de imprimir en España
en el mes de enero de 2023.